田园的忧郁

〔日〕佐藤春夫 著

郑民钦 译

南海出版公司

新经典文化股份有限公司
www.readinglife.com
出　品

目　录

田园的忧郁

I dwelt alone

In a world of moan

And my soul was a stagnant tide

我曾独居在

呻吟的世界。

我的灵魂是一潭污浊的死水。[①]

——埃德加·爱伦·坡

[①]出自爱·伦坡的《尤丽拉》一诗，收录于《爱·伦坡诗集》中。

那栋房子此刻就出现在他的眼前。

那两条狗刚才还一直欢快兴奋地扬起沙土，缠在主人身前身后奔跑跳跃，现在也终于安静下来，并排跟在他后面慢腾腾地走着。

道路在高高的树下拐个大弯的时候，他们的领路人——一个红头发的胖女人，一只手拿着脏兮兮的毛巾擦着从被太阳晒黑的额头流淌下来的油汗，另一只手指着前方，说道：

"啊，总算到了。"

顺着胖女人那男人般粗大的手指的方向看过去，他们的眼光落到一处小小的茅草屋顶上。那屋顶掩藏在绿得发黑的浓郁阴翳的树丛里，在刺眼得令人烦躁的夏日早晨的阳光下，闪烁着钝涩静谧的深灰色亮光。

这是他第一次看见这幢房子。接着，他和他的妻子收回各自在屋顶上巡睃的目光，互相对视着，用眼神交换意见。

"我觉得这房子还不错。"

"嗯，我也是这么想。"

他目不转睛地盯着茅草屋顶走过去。他觉得自己见过这样的房子，在很久以前，或许在梦里，或许在幻想里，或许是从疾驰的火车窗口的眺望。其实，这种以茅草屋顶为中心的景象仿佛是随处可见、极其平常的农村风貌的侧影。这反而让他迷恋，因为这正是他现在神往的地方。也正是出于这个原因，他才选择这儿作为自己的安家之地。

这里是辽阔的武藏野的南面尽头，逐渐进入山丘的地势，眼前出现了变化——这些小山丘既是残存着些许山村余韵的"尾声"，也是即将进入大平原的逶迤起伏的"序曲"。极目四望，这里也是高低跌宕，构成一道单调无聊的风景。一条平坦的街道由东往西从中穿越出来，另一条街道由北往南伸展而去。街道两旁是茂盛野草掩映的农村，有几个低矮的茅草屋顶。这儿邻接 T、Y、H①三个城市，几个地方相隔也就六七里②的距离。打个比喻，如同三股剧烈旋风的分界线所形成的真空地带，这里成为被时间弃置、被世界忘却、被文明抛弃的孤独而毫无生气的所在。

①T、Y、H 分别指东京市、横滨市、八王子市。(本文注释有部分参照角川书店出版的《日本近代文学大系》第 39 卷鸟居邦朗的注释)
②日本的长度单位，1 里约为 3.93 公里。

今年暮春时节的一天，他站在这样的道路上，第一次发现自己的心情无比地高兴和出奇地舒畅。当他知道在这个地方还有这样的穷乡僻壤，不禁大吃一惊。他感觉这一带宁静的风物十分难得。他生在南方一个半岛的顶端①，惊涛骇浪的大海与险峻陡峭的山崖犬牙交错，激烈撞击。在这之间，有一个小城镇，居住着卑微而又聪明的人们。一条湍急的大河从城镇边上流淌而过，木筏在河面上排成长列，互相推搡冲撞着流向汹涌的大海。与故乡这种高潮迭起的富有戏剧性的风景相比，这一带连绵不绝的山丘、天空、杂木林的原野、水田、旱地和云雀的乡村，简直就是一首短小的散文诗。如果说故乡的大自然是他严厉的父亲，那么这里的景色就是他的慈祥的母亲。他以"回头的浪子"②自喻，生活在苦闷窒息的城市中心，早就渴望把自己融入到柔和温馨，因而平凡无奇的大自然里。啊！那里定然有古雅的宁静、幸福和喜悦在等待着人们。Vanity of vanity, vanity, all is vanity！"虚空的虚空。凡事都是虚空"③，即使并非如此……哦，不，这不需要什么理由。只是在城市里实在喘不过气来，感觉会被人的重量压得粉碎。置身于那个地方，他就是一部极其敏感的机器，那里让他变得格外敏感。不仅如此，周

①作者出生于现在的和歌山县新宫市。虽然不是纪伊半岛的海岬，但的确是在半岛南方。
②回头的浪子，典出《新约全书》。
③典出《传道书》。

围喧嚣嘈杂的春天使他更加孤独。"啊！这样的夜晚，不论是在什么地方，我只想在安静的农家茅屋里，在暗红的油灯阴影里，自由自在地伸开手脚，舒舒服服地酣畅熟睡，睡他个昏天黑地。"当他像一个疲惫不堪的流浪汉踽踽独行于明亮的华灯之下或者石板路上时，这种情绪经常不由自主地痛切地涌上心头。"噢，酣睡，酣睡离开我已经有多少年了？①深沉的酣睡！可以说，这是宗教般的愉悦。现在最需要的就是这种愉悦。熟睡的愉悦，就是一个肉体真实健存者的愉悦。这是我当前最大的需求。我要到这种地方去。啊，越快越好，迫不及待！"他在心中这样自言自语，有时甚至嘟嘟囔囔地说出来。于是，这种急不可待的、类似乡愁般难以言状的心情纠缠着他，要把他带去一个不知何处的地方……（他是一个具有老者的理智、年轻人的感情和孩子般意志的青年。）

这栋房子，如今就出现在他的面前。

顺着道路的右边有一条沟渠，道路拐弯，沟渠也随之拐弯。沟水流淌，流过生长着杂木林的山麓，流过柿子树的旁边，流过马厩的边上，流过灌木丛，流过泡桐树的地面，流过角落里盛开着大朵百合花和锦葵花的农家院落的前面……

这条宽约六尺②的沟渠其实是向田地里引水灌溉的水渠，

---

① 作者于明治四十三年来到东京，离开家乡已有六年。
② 日本长度单位，1 尺约为 0.3 米。

但因为直接引灌出自远山的上游河水，那种秀美竟令人觉得是一道山涧的溪流。透过绿叶洒下的阳光更增添这种美的感觉。水流冲刷红色的淤泥，冲刷得干干净净，然后一身清净地浅浅流淌。当它被什么东西挡住的时候，会发出异样的闪光，再一细看，这闪光却如绉绸的皱纹般纤细，或者如痉挛发作时的轻微颤动。有时看上去恰似鱼鳞重叠在一起般闪烁耀眼。当凉风低拂，从水面滑过的时候，会出现一道细长的银箔，瞬间消失。在芒草、向情人倾诉衷情般感伤惆怅的小白花早已从枝头消失的野蔷薇丛、各种叫不出名字却照样开花结果的草木在水渠两侧茂密生长的时候，水流就从这些草木形成的隧道里穿过。水面浮现出清凉的黑影，缓缓流去。有时候，水流也会悠然驻足，停滞不前，仿佛旅行者停下脚步，伫立回首自己走过的道路。这时，水面映照着土耳其宝石①般的夏日上午的天空，呈现出翠绿的颜色，或者如同透过玻璃板断面看到的色泽②。快活的蜻蜓迎着水流和微风飞舞，贴着水面轻捷地滑行，时而将尾巴浸在水里产卵。这只蜻蜓乘着微风，以差不多同样的速度跟着他们飞行一会儿，突然高高地飞上天空。他看看流水，又看看天空。一种孩子般轻松愉快的心情涌上心头，真想招呼蜻蜓表示祝福。他想到这一道欢乐的水流大概将要从那栋房子前面流

---

①这里指绿松石。
②含硅多的玻璃，其断面呈青绿色。

过，喜不自禁。

　　酷暑为了表示自己的痛苦和快乐，便让每一片树叶都像宝石的断面那样闪烁亮光，树叶下的蝉如被烧烤般发出尖声的呻吟。灼热的太阳几乎爬到头顶的高空。然而，他的妻子并不觉得天气有多热。她头顶上遮阳避暑的并不是那把绣有绣球花图案的绣球花颜色的阳伞——贫家女人的华盖①，而是她的沉思。她一边走一边深思，仿佛感觉不到身上的炎热。她想——如此一来，自己就可以从现在那一间火烤一样西晒的租赁房里逃脱出来，搬进凉快的地方。更令人高兴的是，可以摆脱那个鄙俗不堪、粗卑无聊、自私自利、搬弄是非的和尚老婆的纠缠。她想两个人居住在安静、清爽的地方，就两个人，没有第三者来打扰，想说什么就说什么，不想说什么就不说什么。这样的话，丈夫那种像风一样难以捕捉的、大海般过于敏感的心情大概也会稍微安定下来。他如此满怀热情地向往乡村，却连特地让他购买的那一小块农地如何开发利用都不予考虑（尽管这本在预料之中），甚至于不想看一行书，不想写一个字，终日无所事事。谁要是指出这一点，他绝对暴跳如雷。即便没有这样，他的父母也早就认为他无可救药，不闻不问，尤其在他一意孤行地早

———————————

①他们是一对物质贫困的夫妇，只有丰富的精神世界。普普通通的阳伞在他们眼里犹如"华盖"。

婚^①之后，更是如此。而他也从不把父母放在心上，一天到晚晃晃悠悠，虚度光阴。虽然本人不承认，但每天就是稀里糊涂地打发日子。有时候他也会一丝不苟地细致描绘几张、几十张不知什么时候才能在那块小地上盖起来的房屋图纸，可是那图纸的房屋结构没有任何实用价值。本以为他在专心绘图，却突然间跑到院子里，学着狗的样子，和狗一起在热气腾腾充满青草味道的草地上又爬又滚，又冷不丁扯着嘶哑的嗓门大喊大笑。他这个人似乎真的非常寂寞。可是，他什么事都不告诉我，让我无从知道。难道他有什么事瞒着我吗……她想起五六天前看完的岛崎藤村的小说《春》。她头脑简单，对丈夫的聪明天赋从不怀疑，自己的丈夫仿佛是小说里的一个人物，从书本里走出来，来到自己的面前——进入自己的生活。他竟然把富有自信的艺术事业抛在脑后，弃之不顾，真的打算在这样偏僻的乡村终其一生吗？他究竟有什么不可思议的梦想？而且，他对别人总是亲切和蔼，说话客气，却为何对我总是冷若冰霜呢？莫非是因为他对以前那个女人的恋情尚未完全冷却的时候，我投入他的怀抱，让他暂时忘却那个女人，而过了一段时间，那根深蒂固的恋情又抑制不住地死灰复燃了？这样的话，我的处境就十分难堪。他本人大概也很痛苦，首先，我在他身边，就让他无法忍受。要是我说的话不合他的心意，他甚至险些一把把

---

① 作者 21 岁结婚，妻了当时 17 岁。

我推倒，还动手打我，要是心里不痛快，便两三天不理睬我，不说一句话。他一定懊悔和我结婚，至少经常想如果和那个女人住在一起，该多么幸福啊。不仅心里这么想，最近甚至还对我明确表示："如果当时和她，和那个纯洁诚实的姑娘结婚的话，她和我脾气相投，合得来，从各种意义上说，今天的日子一定更加美好、更加和谐。"其实，我也知道，那个女人比我更漂亮更温柔。我明白他心里是多么思念那个女人。不、不，不是这么回事。他一定正为自己的什么事情钻牛角尖……对了，丈夫对我说过："你最好让我一个人待着。"

她忽然想起丈夫昨天晚上以从未有过的温和态度对她说的话："其实我并非没有温柔的感情，只是不好意思表达出来。我天生就是这样的性格。"

她一边走一边琢磨丈夫的话，同时还凭空想象着这栋尚未见过的房子的结构布局。即使早已从新婚的美梦中醒来，但在如此炎热的酷暑里搬家的念头足以让她心情激动。仅仅这么一想，就能让自己的心情时而悲、时而喜、时而又得到慰藉，这大概是不谙世事的年轻妻子的特权。那个带路的女人喋喋不休地讲述这栋房子的由来，她显示出不感兴趣的样子，只是冷淡地有一句无一句地敷衍着。这闷热的天气里，带路的女人在长长的一路上没完没了地唠叨不停。这个女人也很单纯，认为自己感兴趣的东西，别人自然也会觉得有意思。

他们在这样的路上走了将近一里地。

就这样，这房子出现在他们的眼前。

房前果然有水渠流淌。一座小土桥，桥面上杂草丛生，中间一道被人踩出来的小径。他们走上小土桥，跨过一间^①多宽的水渠，来到房子门前。

大门的左边有一棵很大的柿子树，房子后面也有一棵。树枝粗壮虬曲，自由伸展，仿佛对仰望者诉说着自己的身世："我站在这里已经很久很久。现在结的果实也很少了。"老树干的粗枝下生长着寄生植物。柿子树的右面有一条小沟，将住宅地与泡桐树划分开来。这算是什么水？几乎已经干涸，只剩下一道细瘦的水流。水渠本来就很狭小，里面的水流更加细窄，比男人腰带还要窄，气喘吁吁的涓涓细流。潮湿的地方生长着茂盛的鸭跖草，盛开着淡蓝色的花儿。在鸭跖草中，还丛生着孩子们叫作"金平糖"^②的微白透红的小花，还有孩子们叫"红饭饭"^③的野花。这些花丛勾起亲切的儿时记忆。从白天应该是萤火虫栖息之处的小草丛中，笔直地伸展出一簇十五六棵芦苇，叶面上有几道鲜明的白色竖条纹。又长又宽的清秀的叶子在风中摇曳，发出沙沙的响声。屋后的清水流淌过来，穿过这些小

---

①日本长度单位，1 间约为 1.82 米。
②外形像星星的小糖果，这里指花朵状如金平糖。
②红饭饭，花朵状似红米饭粒，即马蓼。

草的根茎，把芦苇短小的茎节冲洗干净，弯弯曲曲，闪烁着如一束解开的丝线般的细腻光泽，袅袅婷婷地摇摆着轻盈流去。然而，那些细长的草叶被水流压倒，伏在地面上挡住水流。于是细流从草叶上漫过去，像滴水计时的漏刻一样点点滴滴落进路旁的大水渠里，滴滴答答跳溅着。从地势来看，他感觉屋后应该有一眼清新甘美的小泉水。

屋后山丘连绵，竹丛成片。一株高大挺拔的山茶树孤零零伫立在清新秀雅的竹丛里，如一个异端者，显得忧郁沉闷。房子四周围绕着高过人头的杨桐树篱。刚才从远处看，整栋房子绿树掩映；现在近在眼前，果然是枝繁叶茂，草木葳蕤。

两条狗先后从土桥旁边下去，品尝水渠里的灌溉用水。

他没有过桥，而是满怀深情地注视着这栋房子，仿佛在吟咏"三径就荒"①。

他从房子周边觅到几许与自己希望闲适隐居的心情相适应的情趣，便对妻子说道：

"我说，站在这大门口的心情，真的不错啊。"

"是啊。可这房子相当破旧，得进去看看再说……"妻子略略显出不安的样子，又十分机灵地使用所有劝诫随心任性的丈夫的妻子的语气回答，但随即话锋一转，说道：

---

①典出陶渊明《归去来兮辞》的"三径就荒，松菊犹存"。后"三径"指归隐田园的生活。

"不过，想到现在居住的寺院，哪儿都可以。"

两条狗喝完水以后，立即精力充沛，也不等主人，自己先跑进院子里。它们舒舒服服地躺在松树根部的浓荫处，伸出脑袋，下巴和脖子紧贴地面，仿佛自己就是这里的主人。两条狗的形态一模一样，并排而卧，身子蜷曲，后脚舒适地伸展着，构成极其可爱的对称之美。它们耷拉着红舌头，仿佛在痛苦地喘息，一双天真的眼睛翻上去，看着走进院子里的主人，平静而愉快地摇着尾巴。在他眼里，两条狗沉稳的神态似乎在告诉主人：它们更先一步预感到这里就是自己的家。如果此时妻子在身边，他大概会这样对妻子说：

"你看，弗拉德和雷欧（两条狗的名字）也表示同意呢。"

但是，妻子正和带路的女人一起把钥匙插进廊下那一扇长久关闭的房门的锁孔里，咔嚓咔嚓地转动着，试图打开。

所有的树木都枝繁叶茂，青葱叠翠，枝柯交错，形成绿色的屏障、绿色的屋檐，阳光几乎照射不进院子里。泥土的气息从黑色的地面冷飕飕地涌上来。他像闻香①人一样调动器官的敏感神经，尽情品尝从脚下飘上来的泥土的芳香——直至扭动钥匙的清脆的咔嚓咔嚓声消失、廊下的房门打开为止。

昨天在门前把拉门清洗干净，今天，妻子笨手笨脚地糊起

①闻识鉴赏香料的气味，香道的要素之一。

了拉门。她糊完最后一张纸后，看着丈夫把拉门安装在起居室与正房之间的门槛上的背影，心满意足地说道：

"终于像个家的样子了。"

"终于像个家的样子了。"她意犹未尽地重复一遍，继续说道，"说是马上就来更换榻榻米……可是，前天第一次看到这房子时，我真的很不喜欢，心想这房子能住人吗？"

"那倒不至于是狐狸住的窝吧。"

"可简直就是荒凉的茅草屋，要不就是蟋蟀窝。那一天我看蟋蟀在榻榻米上蹦来蹦去地惊慌逃窜，真叫人害怕。"

"你说是荒凉的茅草屋？这荒凉的茅草屋挺好的啊……我看啊，以后就把这房子叫作雨月草舍①吧。"

妻子因为受到丈夫的熏陶，夫妇二人都赞赏上田秋成②。

妻子看着丈夫久违的愉快的笑容，心里高兴，说道：

"下一步需要清洁井水。这活儿可不好干。说是有一年都没有从井里打水，井水大概都发臭了吧。"

"要是每天不用，那肯定要发臭。就像我的脑子，不用就坏了。"

妻子一听，心想"又来了"，立刻收起刚才兴高采烈的心情，

---

① 受上田秋成的小说《雨月物语》启发而命名。
② 上田秋成（1734—1809），日本江户时代后期著名的作家、学者。代表作《雨月物语》取材自中国的白话小说，被誉为日本怪异小说的巅峰。

换上提心吊胆的表情看着丈夫。可是，她发现丈夫今天只是嘴上说说而已，那张颧骨突出的脸上依然挂着笑容，知道他心情十分愉快，便放下心来，以略含妩媚的语气补充道：

"还有那院子也该收拾一下。那种阴暗沉闷的气氛，我不喜欢。"

妻子累得靠着墙壁坐下来，他们养的一只可爱的猫咪轻柔地悄声走过来，懒懒地爬到她身上。

"阿青（猫的名字）啊，你也热得受不了吧。"

妻子一边说，一边把猫咪抱起来。他们家有狗也有猫。就他的性格而言，一旦高兴起来，对猫狗也是溺爱无度。这很快就成为家里的习惯，两口子经常像和人说话那样与猫狗对话。

这一对夫妇搬进这栋房子之前——算起来那是好几年前的事了。

这个村子最富的 N 家主人，年老以后，倍感人生寂寞。一般说，人到这个时候，最需要的就是异性的陪伴，不论这个异性是大龄的还是年轻的。于是，这个老人从城里带回来一个年轻的女子。这个富豪为了自己的风流人生，付出了一半的田产。然而，富翁毕竟有富翁的算盘。他不要那种光是脸蛋好看却　无所能的女人。他挑选的女人，哪怕长得丑一点，只要年轻便可以将就，但一定要有一技之长，这样不仅有利于村子，更有利于增加自己的收入。总而言之，他娶的这个小老婆是一位助产妇，接生兼做副业，而且这是乡村不能缺少的职业。于是，老人把自己家的旁屋拆掉，并在紧靠正房的下面重建一幢房子。为了冬天从早到晚都有阳光照射，在选择这个合适的方位后，修建了长约四间的走廊。穿过三叠大的玄关，便是六叠大的起居室，砌有地炉。黑柿木的壁龛柱、客厅镶嵌麻叶图案的楣窗以及带有格棂的拉门，其精致美妙的工艺令所有的村里人瞠目结舌。木匠抚摸着古色古香的柱子①，仿佛炫耀自家东西似的赞叹道："毕竟是从自家山上精心挑选砍伐的木料，一个碍眼的树节都没有。"与农户家里那种带有大得令人畏惧的土间②、烟熏火燎的黑黢黢大梁粗柱横竖的灶间不同，这里的厨房铺着地板，女主人可以脚穿白布袜、拖着和服的长下摆轻松地操作烹调。老人把户主权交给四十多岁的长子一手处理，自己过着幸福的日子。对老人金屋藏娇，娶一个年龄比自己小一多半的女子，村里人背后多有讥讽议论。然而，这样的说三道四不会影响老人的幸福。

可是，说起来，和平与幸福在短暂的人生中最为短暂。正如秋日阳光照射的拉门上忽然落下一只飞鸟的身影一样，倏忽

---

①指黑柿木的壁龛柱。
②日本房子进门处不铺地板、只垫着土的地方，比里屋低一截。

而来，瞬间消失。看见这种鸟影的刹那之间，一种莫名其妙的岑寂感便油然而生。老人宁静幸福的日子也是转瞬而逝。

　　过不多久，年轻的妻子就从城里招来一个年轻的男人。村里人把这个男人叫作"管家""助产妇的管家"。不过，乡下人不知道助产妇是否真的需要这样的"管家"。老人对年轻的小老婆无视自己，擅自雇用年轻的"管家"感到不满，而且是极其不满。首先，这一对年轻男女过着在乡下人看来十分奢侈的生活，这与自己安度晚年的预算大相径庭。他开始考虑这两个人的日子应该更节俭一些，于是和小老婆谈过几次，起先说得比较客气，委婉地提醒她要注意，后来逐渐直言不讳。一天夜里，老人正色厉声数落小老婆。那个"管家"大概在隔壁听得一清二楚。几天过后——也就是这个女人第一次来村里大约一年之后、这个女人"雇用"年轻的"管家"大约半年后的一天傍晚，这一对男女突然从村子里消失得无影无踪。当天黄昏时分，一个赶脚的村人从外面回来。第二天早上，他到处告诉村里人，说自己昨天傍晚在山路上遇见一个白皙的圆脸女人，昏暗之中，他定睛一看，这不是"N家的助产妇"吗？说得有鼻子有眼。不过，其实这个赶脚夫大概什么也没看见，回到村子听说这一对男女私奔的消息，就编造出这个谎言。不然的话，他昨晚一回村就会立刻到处宣扬，夸夸其谈，显得多么了不起的样子。人在这个时候，总想活灵活现地说些什么——任何人多多少少都有这种艺术性的本能。这姑且不论，总之，这件事让消息闭塞、谈资稀少的村民一阵兴奋，大家的一致看法是：一个二十八岁的女人，当然和二十四五岁的男人在一起更加般配，而不是跟着将近七十岁的老头终老。

令人痛心的是，年轻的小老婆私奔后，老人就迷恋上了盆栽园艺。

他在院子里栽种能开花的树木，今天把那株花木移植到这里，昨天把其他院子的花木移植到自己的院子里，说不定明天还会找到好花木，每天这样摆弄泥土，倒是忙忙碌碌，没有闲暇。春有牡丹，夏有牵牛花，秋有金菊，冬有水仙花。既然小老婆私奔离开自己，他就让十岁和七岁的两个孙女过来，晚上分别睡在两旁。这个摆弄花草的老翁夜间睡不着，又开始迷上"平庸"俳谐①。

差不多一年以后，老人死去。虽然搜罗了各种花木，可是他真正赏花自娱的时间十分短暂。接着，这栋房子连同小女儿都归给村小学校长所有了，因为这位小学校长是老人的养子。小学校长虽然擅长算术的四则运算，现实生活中算盘也打得很精，可是对艺术美学一窍不通，于是受一个精明的花匠的蒙骗，把院子里值钱的出色花木悉数收罗一空。大树如白玉兰、山茶树、罗汉松、海棠、乌竹、垂枝樱树，大朵的花如花石榴、梅

---

①明治时期,正冈子规对俳谐进行革新,将传统俳谐称为"平庸""陈腐"的俳句。

花、夹竹桃以及各种盆栽兰花。这些可怜的花木也不得不匆匆忙忙地转移地方，连熟悉泥土的时间都没有，也许有的花木因此而枯萎。

后来，小学校长搬进新盖的学校宿舍里，从养父手里接过来的这栋房子便闲置下来，于是他打算出租。房子没人住，就会荒废。哪怕租金只有两元或者一元五钱，有一点是一点，反正不会吃亏，校长先生的想法还是挺精明的。然而，乡下人大抵都有自己的房子，即便是屋檐倾塌、腐烂的茅草屋顶长满青苔的破房子，也是父传子、子传孙，世代都有自己的家。最终不得不租房居住的人——尽管租借的是一幢豪宅——绝对都是因为自己的房子抵债变卖出去而无家可归的最贫穷的人。如此一来，那个老翁为自己的爱女、也为自己能颐养天年而盖起来的豪宅，最终变成了最底层贫困农民的住所。老翁在起居室里设计的地炉原本是为了架釜烧水，租户则把大把大把的松木柴扔进地炉里，松木柴烟大，可是被一般农户房子都没有的天花板挡住，烟雾排放不到户外，因此墙壁、拉门、天花板、榻榻米等很快就被烟熏得乌黑污脏。可悲的是，乡下人并不在乎这满屋子的乌烟瘴气，反而觉得这是好事，室内可以保温，因为秋冬的长夜，他们搓绳、编草鞋往往会忙到深夜。过了四五个月，租户开始滞纳租金。榻榻米磨损得厉害，柱子上都是新旧不一的各种各样五花八门的刻痕。校长先生心想，再怎么说，总得留下一些粪肥吧。可是，当校长的雇工早晨前去掏粪的时候，发现粪坑里一直都是空的，原来家境贫寒的租户已经把粪肥运到自己租种的地里去了。于是，校长先生开始十分厌恶这个租户，逢人就斥责，谩骂"穷庄稼汉狡猾"，得出了"穷鬼都是无情无义的老滑头"的结论。村里人也一致赞成校长先生的这个论断。校长先生感觉自己的论断确立了一个真理。接着，他认为与其把房子租赁给这种人，宁可空闲，让它自然荒废。因为把房子租给这种家伙，只能是人为地加速破坏，而闲置空房只是消极地听任自然的荒废。于是，租户被校长逐出门。村里人都觉得校长先生的态度合情合理。

老翁去世以后，就没有人想到要来照拂院子里的花花草草，房子和院子荒凉芜秽。只有一个人，就是穷庄稼汉租户的小女儿。每到秋天的早晨，她就从菊花地里摘折黄菊、白菊的小花，作为发簪插在自己卷曲的头发上。这菊花是老翁在世的时候栽种的，如今杂草丛生，菊花仿佛也变成了野花，枝叶一年比一年无精打采，花茎也是弯腰驼背。

他站在廊下，一边眺望院子，一边回想那个带路的胖女人一路上唠唠叨叨的话，加上自己独特的想象，似想非想、似思非思地发呆。

"弗拉德、弗拉德……"从房后头的外廊传来妻子的声音，她在叫狗的名字，"噢，太好了。雷欧也来了啊。啊，好可爱！

我不是要给你们东西吃。弗拉德，你不能像刚才那样钻进草丛里玩。那里面有毒蛇。前些日子你的鼻头不是被蛇咬了吗，脖子肿起来，脸庞肿得像和尚的脸那么大，真让人担心。好了，弗拉德吃过苦头，已经懂事了。还有雷欧哟，你也得小心点。不过，你很乖顺，应该不要紧的……"妻子用小姑娘唱牧歌般的声音和心情开导自己的养子——两条狗。凉风吹过竹丛，从他站立的地方穿过。

荒芜的庭院在盛夏季节依然草木郁郁葱葱。

所有的树木都努力深深扎根于泥土里，汲取土地的营养，让全身长满绿叶，充分吸收阳光——松树、樱树、罗汉松都按照各自的方式生长。它们为了自己长大，就伸展枝柯，尽量吸收更多的阳光。伸展出来的树枝互相重叠、交错、缠绕、挤压，只想着独自得到阳光的恩宠，毫不顾忌其他树木的感受。这样，享受不到阳光恩惠的树枝就一天比一天细瘦。一棵小松树在杉树下枯死，树干呈红色。杨桐树篱高低参差不齐，树端的叶子形成的一道线不规则地扭曲，这是因为阳光晒得到的地方树叶长势茂盛，被其他大树遮蔽的地方树叶就凹陷下去的缘故。另外，有的地方树叶长不出来，犹如城墙的豁口，裂开口子；有的地方树叶厚厚地重叠在一起，形成一团。还有的地方树篱完全断裂，这是因为沿着树篱长着一排大松树，不仅阳光被松树遮蔽，而且从树篱中间突然冒出野生的藤蔓，比大拇指还粗，穿出树篱，如捆绑俘虏的绳子，缠绕着松树的树干，一圈一圈缠上去，直至抬头才能仰望的树梢尽头。可是藤蔓还不满足，仿佛苦闷地扭动身体伸出疯狂的手指，向着天空，焦躁不安地试图捕捉一无所有的东西。其中还有一根藤蔓爬到松树旁边一株更高的樱树上，伸向更高更远的天空。在院子的另一角，还有一株梅树的新枝挺拔直立，又长又高，如同一支刺透青天的长枪。先前的菊花地里，野草深深扎根在柔软的泥土里，四处蔓延。这杂草生命力顽强，具有竹子的形状和特性，那坚硬的茎和叶在地面上蔓爬，织出一张网。为了确保自己的地盘，草上的每一个茎节都扎根土里，向四面八方扩展。如果试着把其中的一部分拔出来，那一串串无数的细根便带着黑沙被人的手抓着一点点提上来。这就是它们生存下去的意志，同时也是命令"夏天"的万物炽烈绽放的姿态。如此枝叶茂密的草木给整个院子造成的气氛，如同垂落在疯子铅灰色额头上的一蓬乱发般阴郁。这些草木以一种无形的重量压在并不宽敞的院子上方，似乎从四周悄悄地逼近位于中间位置的建筑物。

然而正相反，让他感到恐惧的并非大自然具有的这种暴力性的意志，而是在混乱中逐渐细弱却一缕尚存的人为的典雅。这是某种意志的幽灵。可以说那个精明的花匠把废园里几乎所有的花木都一攫而光，但从他残留的花木里，可以发现不止一处老人生前养花种草乐在其中的情趣。大自然的力量也未能将其完全抹掉。例如那棵修剪成枣核形的带白斑的罗汉柏，站立在房门与玄关的通道上。还有一株山茶树，种在客厅外面，遮挡厕所，这样从客厅就看不见。山茶树下面的阴翳处种着瑞香。还有几株修剪得状如倒扣过来的盆子的雾岛杜鹃花，大叶子因暑热而枯萎。杜鹃花的后面是种植多年的绣球花，大朵花瓣也已经枯萎。如同狂暴激怒的巨人随手胡乱扔掷一般，院子凌乱不堪。当年这个院子里，白玉兰、瑞香、秋海棠、梅花、莲花、古老的高野罗汉松、山茶花、胡枝子、盆栽兰花，大块的天然石头，密集隆起的青苔，垂枝樱树，乌竹，石竹，花石榴的大树，还有临水的鸢尾，等等，都布局精巧，安排有序，充满造园者的珍惜之情。然而，当年的美梦遭受到比未开化的北地人更加残忍的大自然的恣意蹂躏，现在竟然无人过问。不过，他觉得这个美梦还没有完全破灭。即使院子里没有一棵树木，只要从覆盖门口的那一棵松树的树枝形态，谁都一看就明白，虽然现在浑身都是又硬又粗又长的针叶，密密麻麻，当年可是受到造园者的精心照料，修整树叶，抚摸树干。其实，房主——那个小学校长打算卖掉这棵松树。等这次租户叫来花匠的时候，就让花匠把树根的侧根切断，再把外侧的粗叶修剪一下。

看看吧：因为伟大而有时令人感觉残忍的大自然和命运的力量是如何势不可挡地摧毁故人的意志！这些幸存的树木、这院子，既不是生机蓬勃的野性的力量，也不是人造的形态，反而是二者随意混杂的样子。其中包含着一种与其说是丑陋，不如说是难以言喻的凄凉感。现在，这栋房子的新主人站在树下，凝神注视废园的夏日。他忽然感觉到一种恐惧。一瞬间，恐惧猛然穿心而过。然而，他自己也不知道这是什么，因为一闪而过，他根本来不及捕捉。然而，他觉得奇怪的是，这种恐惧与其说是精神性的，不如说是动物般的感官性的。

这一天，他在这幢新家芜杂荒凉的院子的树荫下转悠了一会儿。

屋外侧面的白栎树下，蚂蚁排成黑色的队列前进。有的蚂蚁扛着它们的家财——粮食。队列里每间隔一段就有一只个头稍大的蚂蚁，好像在给其他小蚂蚁发号施令。当这些大蚂蚁互相碰见的时候，双方就会停下来，或者点头打招呼，或者交头接耳，或者传递什么信息。这是常见的蚂蚁搬家。他蹲下来，凝视着这支微小的商队，从中获得片刻儿童的乐趣。他这时才发现自己有多少年没有看过这种景象，即便看见了大概也是置之不理。如此说来，尽管自己在少年时期比其他儿童更热爱沉迷大自然的乐趣，但后来甚至忘了儿时的这些记忆，既没有心情宁静地仰望月亮，也没有观赏鸟儿。这个发现让他莫名其妙地悲喜交织。他怀着这样的心情，正要站起来继续往前走，忽然看见白栎树的树干上粘着一个蝉蜕，形态丑陋古怪，牙齿状的粗大前肢举起来像是咬着树干，闪亮的红色盔甲从后背正中间裂开。再仔细看树干，发现这蝉蜕上面三四寸的地方，趴着一只一动不动的蝉。怪不得这只蝉不怕人，原来它刚刚出生不久，身体还不结实，软绵绵的。这只虫子现在一动不动地安宁地体味空气的神秘性。那一对柔软的、尚未发育完成的蝉翼整体呈乳白色，身子缩成小小的一团，令人感觉可爱而可怜，只是身上的绿色条纹格外显眼。这是令人神清气爽的绿色，让他清晰地想起豆子从白色的裂口里萌发出来的双瓣嫩芽。不仅颜色，整个羽翼都与植物的嫩芽极其相像。诞生出来的东西，尽管虫与草不一样，但是他从中看到二者存在着某种相通的形态，从而得到启迪。也许大自然本身就没有任何法则，但至少人们今后会发现自己喜好的法则。再定睛细看，原来蝉的扁平脑袋正中间非常精巧地镶嵌着一粒极其微小的、比红玉色更加鲜艳璀璨的东西。这红宝石般的东西在科学上是什么呢？（也可能是单眼吧）他对此一无所知。但是，他想到自己发现了其他人没有发现的美丽。这种美通过这微不足道的小虫子的诞生，极其有力地让他感受到神圣、令他崇拜。

在他一知半解的知识里，想起来某日某处，大概是从学农业的某个学生那里听到一星半点的话，说是蝉这种虫子要经过二十年才能成虫。噢，这种小虫，为了度过被人们称为"蛙鸣蝉噪"的毫无意义的一生，竟然要经过与自己的牛龄差不多的漫长岁月。而且它们的生命只有几天——大概两三天到一周吧。大自然为什么要造就这样的东西呢？不，这里所说的"这样的东西"不仅仅指的是蝉，还包括人。也包括他本人吗？说这个大自然是神创造的，恐怕有点荒谬吧。在没有意识到其荒谬的情况下试图去解读荒谬之处的时候，就不会看到其神秘。不，自己什么也不知道。对了，唯一知道的是——蝉一生短暂。那么，谁能说那些高谈阔论的国会议员的一生不是蝉呢？他仔细观察蝉翼，发现蜷缩的羽翼逐渐伸展开来，同时那半透明的乳白色一点点地，却是确确实实地变得无色透明。那原本如嫩芽般令人爽快而显得纤弱的绿色也逐渐变黑，如同青草的嫩绿变成常青树的暗绿一样，正在显示出一种现实的强大。他聚精会神地注视了这个东西二十多分钟——这期间，他简直带着病态般的细致绵密——让人不自觉地感到呼吸急促的凝重氛围。

突然，他对着自己的内心说道：

"你看，这就是生于世间的苦恼。即使为了生下这么小的东西，也必须在这里忍耐！"

接着，他又说道：

"这个小虫就是我！蝉哟，你快飞走吧！"

他就这样进行着如此怪异的祈祷。不仅这一次，他平时经常进行这样的祈祷。

院子的角落里有几株蔷薇。

蔷薇是沿着井边排水沟栽种的，如一道树篱，要是繁花盛开，那真是"一架长条万朵春"①的景色，形成一道长约两三间的花墙，美不胜收。然而十分不幸的是，早晨的阳光被一排杉树遮挡；夕阳斜照时，被房子的巨大阴影所覆盖；中午前后，阳光又被柿子树和梅花树枝夺走，这些杉树、柿子树、梅树枝繁叶茂，遮盖在蔷薇上，形成一处屏蔽阳光的屋顶。于是，这些蔷薇病怏怏的，茎就像蔓草一样细瘦得弱不禁风，在一尺多高的杂草里摇摇晃晃。

八月过半，这些蔷薇别说开花，甚至连一片树叶——千真万确一片绿叶——都没有。为了确定它们还活着，他真想折断一根茎来看看。太阳的光线和温暖完全被其他草木掠夺，土地的营养也被缠绕在它们根部的叫不出名字的杂草藤蔓所夺走。它们似乎没有获得大自然的任何恩惠，只是成为最喜欢这种地方的蜘蛛筑巢的理想之地，只是因为还有这么点用处，于是必须继续生存下去。

蔷薇也深受他的喜爱，有时甚至还称之为"我的花"。这大概是因为歌德留下一句有关蔷薇的充满慰藉的诗歌，令他难以忘怀——"如果是蔷薇，它总会开花"。当然，也不仅仅出于这充满哲理的诗句的因缘，他是发自内心地喜爱蔷薇。那浓

---

① 典出唐朝诗人裴说的《蔷薇》，"一架长条万朵春，嫩红深绿小窠匀"。

胭华贵、流光溢彩之美，尤其是脂红的花朵让他如痴如醉。令人晕眩的馥郁芳香使他想起第一次接吻的甜蜜。难怪古往今来多少诗人都不约而同地把优美的诗句献给蔷薇花。西方诗人自古以来将此花誉为花中之王，编织王冠送给它。中国诗人也以绘画般的文字讴歌蔷薇的光彩。他们十分喜欢大食国①的"蔷薇露"，为得到这种"换骨香"②，不禁感叹"海外蔷薇水，中州未得方"③。这表明在诗歌领域，蔷薇已经有了牢固的地位，犹如贵金属的矿脉，一脉相承沿袭至今。只要踏进诗歌的王国，无论是谁都可以听到有关蔷薇的种种传说。于是，蔷薇的色泽和香气，乃至叶子和尖刺，都极力吸取无数优美诗句的营养，让这些优美诗句幻化成自己的光环，让人觉得连枝条仿佛都垂下了脑袋。这让他感受到蔷薇花的美不胜收。这幸运吗？不，毋宁说是极大的不幸。艺术性因袭根深蒂固于他的骨子里。大概正是出于这种心态，他才选择艺术作为自己的事业。他的艺术天资产生于这种因袭，在很早的时候就开始萌生……大概正是这些让他不知不觉地爱上了蔷薇。在他直接从大自然中摘取清新的美和喜悦之前，他通过这些艺术的因袭早已向蔷薇花奉献上了自己深深的爱。说起来觉得荒唐无稽，他甚至对"蔷薇"

---

①唐朝对阿拉伯地区的称呼。
②香水。典出北宋叶廷珪的《茉莉》，"露华洗出通身白，沈水熏成换骨香"。
③典出南宋杨万里的《和张功父送黄蔷薇并酒之韵》。

这两个字都怀有爱慕之情。

　　然而，现在他眼前的蔷薇是多么萎靡憔悴啊！他曾经在故乡的家里见过由于日照充足，在寒冬依然含苞待放的蔷薇。那原本是淡红色的大朵花瓣，由于接受了异乎寻常的阳光的热量，才长出蓓蕾。然而，在没有阳光的冬天晨昏，即便是南国，蔷薇还是难以抵挡这样的寒冷。他还见过那蓓蕾过了好久依然紧紧闭合，没有绽开。不仅如此，最外层的白里泛着微红的花瓣竟然奇怪地每天都出现绿色的细线，其特性更接近叶子，发硬，可以说介于叶子和花瓣之间。但是，他今天看到的蔷薇如此衰微破败，与先前见过的花蕾大相径庭。每当他看到这样的花木，一个冲动的想法会不由自主地涌上心头。无论如何要让这些不见天日的蔷薇树、忍辱受屈的蔷薇树沐浴到阳光的恩惠，要让它们绽放出鲜艳的花朵。然而不得不说，他这么想大部分是出于这样的心态——自己陷在类似于游戏般的所谓的诗意中，而且那样做符合自己当下的心情。他对此不是没有察觉（不管在什么场合，他的心经常会多少违背他的诚实），尽管如此，他还是怀着想通过这些花木占卜一下自己的心情——"如果是蔷薇，它总会开花"！

　　他便向附近的农户家里走去。两条狗敏锐地发现主人快步出门，立即追赶上去。不到五分钟，只见他扛着生锈的锯子和修枝剪，身后跟着两条狗，得意扬扬地回到院子里。他微笑着站在蔷薇树旁，抬头看着树枝，心里琢磨从哪里下手才能让阳光照射下来。然后脱下上衣，裸着胳膊，拿起锯子，先对最肆无忌惮横伸过来的柿子树粗大的树枝下手。白色的锯末从树枝上纷纷撒落。当锯齿进入树枝的一多半时，尚未切断的部分由于无法支撑自身的重量，脆弱地咔嚓一声折断，粗重的大树枝掉下来，将上面的小枝丫砸在地面上。于是，阳光立刻从空隙间跌跌撞撞地抛下来，你争我抢地挤进来，无声无息地渗进来，倾泻在形同枯木的蔷薇枝头。随着遮挡光线的梅树、杉树、柿子树的层层枝叶不断被锯下来，拥抱蔷薇的阳光逐渐扩大。他用修枝剪清除蔷薇树上的蛛网。那里潜藏着各色各样的蜘蛛。有一种名叫蝇虎的短腿小蜘蛛，在枝丫的根部抽丝织成状如纸袋的巢穴。有一种名叫络新妇的大蜘蛛，长腿，身上有玳瑁般的颜色，在织成的大网上爬动。当蛛网被修枝剪摧毁时，蜘蛛们都如杂技演员一般身手敏捷地顺着蛛丝逃走。他手拿大大的修枝剪继续追赶。这些蜘蛛则在剪子顶端吐丝，身子顺着蛛丝吊下来，有的逃进土里，有的逃进草里，有的逃进水洼里，而他手持大剪子，不由分说地剪断它们。

这件事让他大汗淋漓，也让他心情兴奋。当最大的一根树枝落在地上发出响声时，妻子从房间里走出来，看见丈夫难得干这种活儿，大声对他说着什么，但丈夫没有回应。两条狗知道今天主人没有闲工夫和自己玩，就互相追逐游戏，满院子撒欢奔跑。他体会到一种欣喜若狂的快感，便不管三七二十一，碰到什么就锯什么。

他用修枝剪把缠绕在松树上的粗壮藤蔓从根部一口气剪断，意外地发现自己竟然很有力气。被剪断的藤蔓想恢复原样似的卷缩回去，当它脱离松树干的时候，他感觉松树仿佛深深松了一口气。他双手握着藤蔓，使劲从松树干上拽下来。当然，这是徒劳无益的，因为藤蔓从松树的枝丫攀爬到树梢，再从树梢缠绕到旁边的樱树上。他用力拽动藤蔓，把松树和樱树的枝丫都拉弯下来，不停地抖动，叶子也被拽落下来，掉在地上。趴在樱树枝丫上的毛毛虫掉落在他的草帽上，而藤蔓则像弓弦一样紧绷着，仿佛面目可憎地用傲慢的语气嘲笑他："就凭你这力气，可吓不住我。你还是加把劲儿吧。"他对着藤蔓无可奈何，只好扔在一边，转而开始修剪树篱。

从晌午过后开始戏玩，到黄昏时，树篱的顶端已经修剪出一道清晰的直线，侧面像墙壁一样平整。就在这时，一道与墙面平行的阳光照在杨桐树又黑又硬的树叶上，闪耀着美丽的余晖。如此一来，树篱上的大豁口显得更加难看了。

从地里收工回家的农民在门外走过，透过豁口张望院落里的房子，不无恭维地说道："哎呀，这下子可干净利落了。"

接着，他顺便又把遮罩在水渠上面的水杨树枝修剪清理了。当天的晚饭，他少有地胃口很好，晚上也睡得很舒畅。第二天早上醒来的时候，却发现身子像木头一样邦邦硬，关节疼痛，不由得苦笑起来。

几天以后，当他请来的真正的花匠——其实是半个农民——进门的时候，以前一直顽固地死缠在松树和樱树上的藤蔓如蜈蚣脚一样的叶子已经发蔫，有的叶子已经褪色。那疯狂的手指般的藤蔓全都无精打采地耷拉下来。他蹲在屋檐下，抬头看着花匠爬到松树上宰割粗大的藤蔓，如同观看舞台上的坏人最终灭亡的结局般心情愉快。

树上的花匠忽然对他说道："这些东西晒四五天，可是好柴火啊。"

"都是些又粗又硬的家伙。"他对花匠回应了一句。"对了"——他从中想起古代的一则寓言：这倔强顽固的藤蔓之所以这么快就变得干枯难看，和将它培育得如此粗大壮实一样，都是因为太阳的力量。他又想到，他的意志——人的意志可以左右大自然的力量。不如说，他为自己作为人可以代行大自然的意志深感自负。野生的藤蔓那样恣肆横行，对大自然并不碍事……然而，人建造的庭院最终还是需要人来经营。他这样漫不经心地思考着。

那么，这些蔷薇会发生什么样的变化呢？会开花吗？他站起来，走过去，心里充满期待的喜悦。他要去看蔷薇。可是，除了阳光明亮充足的照射外，别的都和他今天早晨所看到的一样，还没有任何变化。

就这样过了几天。他已经把蔷薇忘在脑后。之后又有几天过去了。

从夏天到秋天，大自然的景物在悄悄地发生变化。这个变化，他看得清清楚楚。夜间最容易感觉秋天的沁入。纺织娘、蟋蟀，这些最早感知秋意的虫子在各处鸣叫起来，有的在草地，有的在他的写字桌前面，有的在地板下面。村里人预感到田园美丽的初秋来临，一个个心情激动。年轻人为了结识姑娘，在清凉的夜风里可以健步行走二三里地。有的人为了迎接村里的秋祭，正练习打鼓。那鼓声虽然单调，他们却练习得认真，激越的声音沿着原野传进他的窗户，直至深夜。回村探亲的女学生本是在 Y 市师范学校①读书，是本村唯一的女学生，今年夏末和他的妻子成为朋友，但不久就扔下他的妻子，高高兴兴地回学校所在的那座城市去了。

自从搬家以后，他粗暴急躁的性情似乎逐渐平和下来。在即将入秋的这些日子里，他的心情也自然而然地变得宁静。他甚至觉得自己能像草、木、风、云那样敏锐地感知大自然对身体的影响，是一种愉快和自豪。夜间的灯火是一种眷恋。在像他这样身心疲惫的人们眼里，那煤油灯的灯火给予心灵温馨柔

①指位于横滨的神奈川师范学校。

和的感受。这盏煤油灯是他花二十多文钱从肩挑小贩那里买来的，但那个纸做的灯罩就要一文钱。煤油透过玻璃罩呈现出的琥珀色十分美丽，有时候变成淡紫色，恍若紫水晶。他起初打算在这盏油灯下阅读方济各传记，但是很快就感到厌烦。如今他身上已经不存在丝毫的毅力。不论看什么书，都觉得无聊透顶。不仅如此，他想到世间居然满足于如此枯燥无味的书，便觉得不可思议。

他经常漫无边际地想象，在什么地方似乎有一种不管是什么样的，只是非常美好的东西，它可以把人、把自己引到另外一个世界。在那个世界里，一切东西都从与这个世界截然不同的东西中产生，或者把眼前这个肮脏、腐朽的世界改造一新，或者彻底推翻颠覆，打得粉碎。难道真的是"太阳之下，本无新事"①吗？倘若如此，世人还能把什么作为自己的生活价值呢？难道他们只是卑劣地在愚蠢上构建各自空虚的幻梦，甚至不明白这只是一场一无所有的空梦，而只管有滋有味地活着吗？不管他是智者还是愚者，是哲人还是商人。人生究竟是否还有活着的价值呢？如此说来，死究竟是否还有死的价值呢？他每天晚上都在思考这些问题。既然这种极其沉闷困惫的厌倦已经根深蒂固地盘踞在他的心灵深处，那么，眼睛作为心灵的窗户，所看到的世界万物自然每时每刻都显得无聊透顶。在这

---

①典出《圣经·传道书》。

个古老腐朽的世界获得新生的唯一方法，就是彻底转变自己的心境。他明白这个道理之后，却不明白有什么办法才能使自己这种状态得以改变。他父亲在那封痛斥他的信函中所说的"大勇猛心"①究竟是什么呢？从哪里可以得到，又如何才能注入自己的心扉呢？如何才能让自己的心振奋起来呢？这一切，他都无从知道。所以，无论是农村还是城市，这世界上没有一处可以让他心灵宁静的乐园。完全没有。

他真想说："那就只能听从万能的造物主——神的旨意了……"

然而，他的心并没有被打碎，只是枯萎了……他侧耳倾听响亮的鼓声，眼前仿佛浮现出一群正精力充沛地击鼓的年轻人，令人羡慕。

他的桌子上时时摊放着不看，也看不懂的书。他只是无聊地捡拾其中的文字。他又时常搬出厚厚的大辞典，从中寻找尽量生僻的文字。他身心疲惫，无法阅读由一个个文字聚成一团形成的有机物——文章，但是他可以从一个个文字中唤起各种想象。他甚至似乎能清晰地看见文字的神灵，即所谓的"言灵"。这时，他觉得文字具有一种难以言喻的神秘，感觉其中潜藏着深奥的神一样的特性。每个字词本身就已经是生活的某个片断，那么，这些文字的聚合体难道不就是一个世界吗？创

①典出《华严经》，"得无所畏心。得人威德心。得常精进心。得大勇猛心。"

造这些字词的人的心情难道不是还不可思议地遗存在文字里，令人眷恋吗？当创造出一个让所有人永远使用的文字时，这个人难道不就永远活在他创造的文字里吗？对、对，必须更加明确地认识这一点……他朦朦胧胧地感觉着这些思想。接着，他又朦朦胧胧地思考起人们想把自己的心情明确地告诉别人这种奇怪而神秘的欲望，以及它所带来的作用。当他厌倦文字的时候，就观看辞典里精致的插图，从而知道不少自己从未见过、从未想过的鱼、兽、草、木、虫，家庭生活的各种用具，武器，自古以来使用的各种刑具，还有船，以及充分利用船帆张力的各种方法、建筑的结构等，他为此感到高兴。他发现这些器物的细小形态以及动植物里都有各种各样的暗示。他尤其感觉到——尽管只是极小的片段——人创造的各种东西里，与文字的言灵里所存在的东西完全一样，也充满人的思想、生活、想象力等等。这个时候，他的内心只有与思考这些片段相适应的力气。

他经常这样兴趣盎然地思考，意犹未尽的话，还会在夜深之后写"诗"。夜深人静的时候，他相信自己的诗句非常优秀。然而第二天醒来，一看纸上写的东西，感觉不过是毫无意义的文字的罗列。这不由得让他大吃一惊——昨天夜里明明有灵感闪光，可是……就在他奋力捕捉的时候，却烟消云散。他自以为已经捕捉到的东西，原来只是某个空间。如同梦中与恋人拥抱，他每次都会感到焦躁，同时还有一种仿佛忽然听见有人喊自己的名字，回头一看却一个人影也没有的不安。

他又开始描绘房子的结构图。他曾考虑像迷宫那样复杂的结构。对了，他想起来，科西嘉的房子①就是这样，无论客厅也好，厨房也好，这个家只有一间大房间。他几乎每天晚上都在笔记本上勾画各种纵横线条，画下自己精心构思的房子外形、房间布局等设计图案。笔记本的白纸全用完之后，他就寻找一寸见方的宝贵空当，画上密密麻麻纵横交错的直线。他面对这一道道毫无意义的直线，会引发无限的遐想。这个时候，他的心情与那种把自己关在房间里埋头绘画蔓草花纹的疯子画家颇为相似。

然而，他又开始感觉无精打采、百无聊赖，而且这种情绪又是持续好几天。

一天夜里，有个东西飞来，扑哧一声撞在油灯的纸罩上。

他一看，原来是一只脊螽。这只外形清爽的绿色虫子停在被晕染成红色的灯罩边缘上，红色与绿色的相互映照吸引了他的目光，接着，它的身姿和动作更逐渐唤起他的兴趣。虫子将约为身子一半的长长触角举起来，在头顶上慢慢地舞动，同时沿着圆形灯罩的红色部位转动，看上去是绿色在移动。他甚至

---

① 梅里美在《马特奥·法尔哥内》中描写的科西嘉岛的房子。

觉得如同沿着圆形庭院的外侧散步的人那种装腔作势的形态。这种绿色的体型细长优雅的虫子，只有苗条的脊背顶上呈现茶褐色。他感受到第一次看见萤火虫的红色脖颈而吟咏俳句的松尾桃青①的心情。虫子在圆形的红色部位转动一会儿，突然轻巧敏捷地时而飞落到墙壁的横木上，时而飞落到拉门的格棂上，时而飞落到凌乱的书架上，时而又飞到不知道丈夫几点睡觉而只好先行睡下的妻子的蚊帐上，不停地鸣叫。一位诗人②这样吟咏草蟋蟀："生而为人，未必幸福。"有时候他也会想："下一次投胎，自己变成这样的虫子，那该多好啊。"他盯着虫子，思绪忽然飞到蚁蛉落在大礼帽上的空想小世界里。那种背负着透明大翅膀、如小姑娘的气息般轻飘飘的绿色小虫子，摇摇晃晃却切切实实地停在闪闪发亮、略显奇形怪状的黑色大礼帽的直角上，沿着棱线慢慢爬行……明亮的灯光从头顶默默地照射下来……他突然抬眼瞧一下灯光。那不是电灯，而是油灯的亮光。这是因为他把油灯的亮光与自己的想象混在一起，误以为自己也在电灯下面。

　　为什么会冷不丁冒出大礼帽与蚁蛉的对比性想象呢？他自己也不知其然，只是感觉这种奇妙的、纤细的、小得微不足道的形态美的世界，有很多地方与他的精神状态十分契和。

---

①即松尾芭蕉。这里指芭蕉的"昼看萤火虫，脖颈呈红色"俳句。
②指小泉八云。

脊螽每天晚上都飞落到油灯上。他起先不明白这虫子为什么会眷恋这油灯？为什么会绕着灯罩转动？这究竟什么意思？但仔细观察后立即解开了疑团。这绝非这虫子的兴趣爱好。它之所以飞来，是为了吞食麇集在灯罩上的一种非常小的虫子。这些青色的虫子极其微小，简直可以说是夏天的大自然里微乎其微的粉末。脊螽用它的小脚把这些粉末状的虫子搂在一起，抓起来送到嘴里。脊螽的嘴如同钢铁制造的结构精巧的机器，张得很大，从四面同时闭合，那些微小的虫子在这个强者的嘴里无情地被吞噬下去。这些被吞噬的小虫子，微小到我即使看见它们被吞噬也不会产生同情之心和亲切之感。如果用手指头轻轻一摁，这些微小的虫子一命呜呼，只留下青褐色的斑点。

一天晚上，这只脊螽又飞来，但不知何故，它蹦蹦跳跳的长脚只剩下一条，一根长长的触角也折断了一半。

终于有一天夜里，他家的猫不顾主人的制止，在书架上逮住这个每天晚上与主人相逢的朋友——不幸的虫子，肆意玩弄以后，一口吞食下去。他想起自己曾希望下次投胎变成这样的虫子，现在觉得这种小虫子的日子恐怕也未必轻松惬意。

在他沉浸、陶醉、漫游于这种童话般的想象王国里的时候，他的妻子也一边凝神静听床下的蟋蟀鸣叫，一边沉醉在另一个童话王国里——她从蟋蟀的歌声想到要准备冬衣，想到那个猫跳上去都会摇摇晃晃的装衣服的空箱子，再想到如今她个在手边的各式各样的漂亮衣服。这些衣服美丽的条纹、花纹、图案、颜色等一一清晰浮现在眼前，于是进一步回忆每一件衣服的不同来历。她在回忆中时而掺杂着长长的叹息，情到深处，还勾出点点珠泪。她按照女性特有的主观臆测，把游戏般的人生之苦视为人生最大的苦难，而且这种悲哀的心情无处可诉。她把这些心里话告诉丈夫，但是他一副似乎无动于衷的样子，只是告诉她"似乎一无所有，却是样样都有的"①。丈夫的生活独来独往，随心所欲，把自己关闭在象牙塔里胡思乱想，打算俯瞰根本看不见的人生。妻子对这样的丈夫不可能有什么指望依靠。她时常回想这次搬进山里来、自己短暂的过去、命运，如在梦中。她还想起至今依然活跃于舞台上的艺术的竞争者（她原先是演员），和自己相比，她们多么光彩照人，令人羡慕……这个地方离叫 N ②的山间停车场有两里地，到有马车的地方有一里半，通过这两条线路的其中一条，再乘坐铁道院③的电车，需要一个小时，即便直线距离才六七里，也要半天时间才能到达东京……如此僻远，不知道丈夫胸怀什么大志，提出要搬到这乡下来居住。而她竟然稀里糊涂地表示赞成，她现在不能不自责，当然更要怪罪丈夫。遥远的东京……近在

---

① 典出《新约圣经·哥林多书》。

② 指横滨线的中山站。

③ 1908 年设置的政府部门，后改为铁道省、日本国有铁道。

眼前的东京……近在眼前的东京……遥远的东京……东京的街道、弧光灯、橱窗、即将来临的戏剧演出季里剧场的走廊、后台，这些东西在她进入睡眠之前，在眼前慢慢地转过。

　　每天都是艳丽的晚霞，但已经不像两三个星期以前那样有火烧的云彩，赤红的天空，只是表面依然火红，里层已经藏匿着清爽舒适的黄色。这样的晚霞表示明天没有酷暑的威胁，而是晴朗的天气。西北角的天空中，富士山雪白的山顶从近处一个山丘的峰谷背后露出来，沐浴着夕阳余晖，耀眼闪亮。这座名山出名到近于恶俗，只有通过这可以看见的极小部分才保住本来之美。直至刚才还是暮云聚合，在西边的地平线上排成一列，令人怀疑是暗云还是山，现在看过去，才知道那是遥远的山脉①。他每天仰望晚霞的时候，都会感觉到"今天又是虚度光阴"，这种悔恨交加的心情顿时涌上心头。大概是色彩所诱发的情绪刺激了他已经病态的心灵。他看着脚下，只见渠水映照着晚霞的天空，如一道闪闪发光的红色粗线，在他站立的土桥下面汩汩流淌。

　　风在田野上描画出自己的姿态，如海岸的曲线般缓缓地向前蠕动。那是清凉的晚风。稻田尚未变成金黄色，但稻花已经结穗。蝗虫开始在微微低垂的稻穗中渐渐出生。他走在散落着

① 指神奈川县的丹泽山。

名叫蛇莓的红色圆形果实的田埂上，就有蝗虫不时从脚下蹦跳飞起。跟随他散步的两条狗目光敏锐，一旦发现，立即用前爪摁住，津津有味地吞食半生不死的蝗虫。其中一条狗在发现蝗虫时十分敏捷，而另一条在用前爪扑捉蝗虫时尤其灵活。如果蝗虫逃跑，有一条似乎就失去耐心，不想追赶；而另一条穷追不舍，不惜踩着泥土追进稻田里。他仔细观察，发现这两条狗性格不同，这让他感到很有意思，越发喜欢它们。随着稻穗沉甸甸地低垂下来，蝗虫以惊人的速度大量繁殖。狗总是走在他前面，每天都要把他带进稻田里。他看见蝗虫在自己眼前，就想抓来喂狗，于是张开五指去扑捉。狗看到主人这样的动作，似乎明白主人的意思，便不再继续捉蝗虫，眼睛专门盯着主人的手势，等待他把猎物赏赐给自己。但是，他大概扑捉五次才能抓到一只，有时候只是抓到一条被揪断的蝗虫腿。他抓蝗虫的本领还不如那条笨拙的狗。尽管如此，两条狗似乎还是相信主人比自己本领高强，对主人充满信心。然而，当他把没有捕捉到蝗虫的手张开给狗看时，它们惊讶地看看主人空空的手掌，再看看主人的脸，然后同时歪着脑袋，嘴角略微弯曲，抬起头，那一双可爱的亮晶晶的眼睛看着主人的脸。这副模样似乎是对主人的失败感到吃惊和失望，却又不由自主地讨好主人。狗的表情其实十分丰富。它们虽然经历数次这种徒劳的期待，却似乎没有丧失主人在捉虫子方面应该比自己了不起的信念。每当它们见到主人捕捉蝗虫的姿态和手势，就会扔下差不多已经捉到手的蝗虫，聚精会神地盯着主人的动作，一心一意等待主人的恩赐。他张开空无一物的手掌，抚摸失望的狗的脑袋，它们就心满意足地摇起尾巴。他对狗这种无知的盲信和自己的无法回报感到难过。比起人与人之间许许多多的违背信义，他感觉对这种纯洁的皈依者的歉意要胜过前者数倍。当两条狗用那种特有的澄澈晶亮的眼神看着他的时候，他感到难受，不免极力控制自己，不再反射性地去捕捉出现在眼前的蝗虫。

前些日子，他亲自修剪遮蔽得蔷薇树不见天日的树木的枝叶，使得蔷薇能沐浴阳光。一周过后，他发现经过阳光照耀的蔷薇树的树枝上随处萌出淡红色的嫩芽。又过了两三天，在太阳那神奇的力量作用下，嫩芽长成嫩叶。然而，他每天早晨都到水井旁边洗脸，却不知不觉地把蔷薇忘到了九霄云外。

不料，一天早晨——离他修剪蔷薇不到二十天，他偶然发现在一根鲜绿色树干的新枝上开出了花儿。红红的、高高的，只有一朵。这朵在已经开始枯萎的树上绽放的不合时节的花儿，似乎欣喜万分地长舒一口气，环顾四周，想这样说道："仿佛在牢狱里熬过漫长的一年，五月终于又来临了！"[①]临近秋天的阳光照在这朵花上。噢，蔷薇花！这是他的花。他不由得再次想起"如果是蔷薇，它总会开花"这句诗，万分激动地回想

[①] 五月是蔷薇花盛开的时节。

修剪树木那一天的心情。他高高举起手，抓住那根树枝。树枝上长有色泽鲜嫩如婴儿的指甲般的淡红色软刺，在他轻轻捉住树枝的手上稍微刺了一下。他感到撒娇的猫咪温柔地咬着手指头那样的痒痒。他把枝条拉垂下来，靠近自己。啊！唯一的一朵花。这花儿如银莲花一般大小，比八重樱的花瓣还要小。说它是栽种在庭院里的花，不如说是路旁的野花。这可怜的畸形的小花，比少年的嘴唇更红，依然具有蔷薇特有的可爱风韵和气质，鼻子凑近前去，果然闻到一缕清香，这让他感到难以言喻的激动。一种似悲又似喜，说不清楚的感情袭上心头。这与绝对相信主人的无知的两条狗用清澈明亮的眼睛看着他的感觉很相似，却更加激烈。这好比听到一个萍水相逢的姑娘对他说"从那以后，我一心一意想你"时的感动——他以前曾因为好奇而冲动地对这个小姑娘献过殷勤，过后却把她忘得一干二净。他甚至觉得这种不可思议的感动让自己浑身颤抖，情不自禁地眨了眨眼睛，发现眼前的红色小蔷薇花忽然变得模糊不清，那是因为自己的眼角不由自主地渗出了泪水。

一旦流了泪，感动立即过去。但是，他依然抓着花枝呆然而立。脸颊上泪水已经干了，表情僵硬。他的目光仿佛凝视着自己的内心世界。他觉得心里有好几个自我在谈话，他倾听着，仿佛听着别人的谈话。

"真是丢人。我心情高兴，才像诗人那样哭起来。是对这花儿哭泣？还是对自己的空想哭泣？"

"哼哼。年纪轻轻的，就跑到这乡下隐居，难道是因为您渴望人性？"

"这个嘛，是因为我患上了严重的忧郁症哟。"

一天夜里，院子里的树木发出沙沙的响声。他一看，原来是下雨了。细雨静静地洒在田野里、洒在山丘上、洒在树木上，笼罩着一层薄薄的白色烟雾。初秋的雨水沥沥淅淅，人在茅草屋顶的房子里，听不见秋雨的脚步声和雨滴的滴答声，只觉得屋子里的空气变得湿润，油灯的亮光变得幽邃。在这样的气氛中，他端坐屋中，宁静地咀嚼某种细微的如旅愁般的心情。于是，这秋雨也如远去的寂寞的旅人，从村子的上空走过。他把防雨窗拉上去，凝视着白蒙蒙的细雨远去的背影。

这样的秋雨从村子上空飘过两三次以后，晚风就带上了寒意，猫咪也开始依偎在主人身边。他随身只带着一些单衣，也冷得发抖。

一天傍晚又开始下雨，下了一个晚上，接着继续下了两天、下了三天，一直没停。起初的确感觉下雨有趣，后来连他也开始厌烦这阴郁潮湿的天气。然而，雨依旧下个不停。

狗生了虱子。两条狗可怜兮兮地互相在对方的后背和尾巴上抓虱子。他温和地看着它们的动作。然而，狗身上的虱子不知什么时候也跑到他身上来。每天晚上被虱子折腾得苦不堪言。虱子在他全身爬出无数道细细的痕迹。

由于缺少运动的缘故，一时未犯而暂时忘却的慢性胃病又开始发作，身体感觉郁闷。不久，心情也变得郁闷起来。每天毫无变化的食谱使得他食欲大减。他已经感觉到日日一成不变的食物使他的血液开始腐烂。连狗也吃腻了同样的狗食，鼻尖在狗盆上一闻，再也不看一眼。然而，在这件事上，他还真怨不得妻子，因为这个村子的食物只有这些东西。

湿漉漉的单衣贴在身上，十分难受，脚掌的油汗黏糊糊的，坐着的时候，这脚汗和一股怪异的热气传到屁股，这里正是虱子喜欢聚集的地方。他觉得头发里似乎也有虱子，拿起梳子梳头，不想冷湿的乱发缠在梳齿上，梳齿竟被拉断了。他想洗个澡，可是家里没有洗澡桶。附近的农户说，天气好的时候，每天都会烧洗澡水，可是这些日子天天下雨，又不下地干活，就没必要特地从井里打水烧热水，因为不需要洗澡。有的农户在雨天里既不干活又不出门，从早到晚就躺着睡觉，也不吃东西。

这猫咪每天都要出门，然后浑身湿透、满脚泥土地回来，在屋子里肆无忌惮地走动奔跑。更有甚者，有一天它叼回来一只青蛙，从那以后，它每天都要叼几只冻得半死不活的青蛙回来。妻子见状，惊叫一声，起身就跑。可是，无论怎么叱骂猫咪，它依然如故，照样往家里搬。于是，妻子的叫骂声也就不绝于耳。青蛙往往是翻着白肚皮，死在客厅里。这猫大概认为家里就是荒野，而屋内的确也和荒野没什么两样。

有一天，他的两条狗把邻居家的鸡逮住，美餐一顿，却被这家的长工看见，把狗狠狠揍了一通。他的妻子去这邻居家里道歉，可是这个乡下土老财的老婆不懂得待人处事的道理，不依不饶，没给一个好脸色。她大概因为别的事正怒火中烧，就把气撒在狗身上，歇斯底里吼叫起来：以后你们要把狗拴起来！非要出去遛的时候，反正你们都闲得没事干，就牵着它们出去。这狗，进了院子就拉屎，把我家的地扒得乱七八糟，夜晚还使劲叫，烦死人了！把孩子都给吵醒了。这回竟然吃了我家一周前刚刚开始下蛋的母鸡，让我无法容忍！简直就跟恶狼一样。要是以后再进我家的院子，我就不客气了，打断它们的狗腿，因为我家里还养着很多鸡呢！他坐在家里，都能听见那女人刺耳的叫骂声。这个女人认为狗主人也和村里其他人一样，对她不够尊敬，所以心里很不痛快。更莫名其妙的是，她看到这一对夫妇不干农活，便简单地臆测这对新搬来的邻居过着奢侈的生活。这样一来，正处在发育阶段的两条狗整天就被锁在家里。开始的几天，他还牵着狗出去遛。可是，一个人牵两条狗实在对付不了，而且还要打伞，道路泥泞不堪。他想起隔壁大妈说的"反正你们都闲得没事干，就牵着它们出去"，一边走　边不出得感伤苦笑。对于身强力壮的年轻大狗来说，五六町①的活动，运动量显然不够。而且它们不喜欢平坦的大路，使劲拽着锁链奋力往田埂上跑，他被狗拽着跟跟跄跄地上了露水可以没到大腿的田埂。其中有一条狗具有斗犬的体质，非常有力气。他心想邻居大妈这时候也许正在家里瞧着自己呢。实际上有时候的确如此。由于活动不够，狗的脾气也随着暴躁起来。一天到晚被铁链子拴着，傍晚给它们狗食，它们只吃一口，就不再理睬，而且变得胆怯，拖着凄厉的长声咆哮，似乎在诉说求助。这声音穿过白蒙蒙雨雾缭绕的空间，传到家对面的山丘，变成沉闷的回音传回来。狗不知道这是自己声音的回响，对着回音更加激烈地吼叫。这吼叫声变成回音再次传过来，于是狗就没完没了地咆哮。他极力安抚狗，叫它们的名字，但狗已经陷入极度的恐惧，看到自己的主人都害怕地往后退缩。没有办法，只好任其吠叫，可是这尖锐刺耳的噪音穿透他的心底，震颤他的心脏，忐忑不安的心情压迫胸口，令他喘不过气来。每天傍晚，狗都要这样狂吠一通。邻居的土老财家听到这狗叫声，有时会大声叱骂"这死狗真叫人讨厌"，听上去像是孩子的声音。他猜测是那个土老财的老婆教唆自己的女儿这样谩骂，便对这个阴险恶毒的女人怀恨在心。狗是这样子，那猫也不叫人省心，照样叼着青蛙回来，泥爪子在傍晚的客厅里慢悠悠地转来转去。有时他气急地一脚把猫踢开。

①距离单位，1町约为109米。

由于连日阴雨，潮湿的柴火烧不起来，只是冒烟，烟每天都非常可恶地被风吹进客厅，整个天花板被糊上厚厚的一层。

白天狗老实不叫唤的时候，邻居土老财家的好些生蛋的鸡就咯咯咯地叫成一片，有时候叫一个多小时，仿佛不叫得别人心烦气躁不肯罢休。一天，一只母鸡信步走进院子里来，看到狗被铁链拴着，于是其他母鸡跟着成群结队趾高气扬地闯进来，开始不慌不忙地啄食狗的剩饭。狗心里不高兴，气得追逐它们。母鸡们只是稍稍退缩一步。怒气冲冲的狗狂吠不停，母鸡们却神情镇定。狗本想冲过去把这群不请自来的闯入者赶出去，无奈自己的脖子被铁链牢牢拴住，越是着急挣扎，脖子勒得越紧，最后两条铁链纠缠在一起，弄得两条狗无法动弹，只好使劲吠叫。他从房间里出来，冒雨走到院子里，想解开纠缠在一起的铁链。狗高兴地将满是泥土的前爪搭在他胸前。狗一刻都安静不下来，使得铁链更加复杂地缠在一起。虽然心里很着急，可就是解不开。狗终于发出了悲哀的尖叫。这时，刚才被赶出去的母鸡们又大摇大摆地回来，有的甚至跳上外廊，随地拉屎，像污水一样。他张开双臂赶鸡，母鸡们更加激烈地叫嚣起来。他甚至怀疑这群母鸡就是那个坏心眼的土老财的老婆故意派来嘲笑他的。那个女人其实正从篱笆那一头瞧着这一边的光景，却故意装出视而不见的样子。他的妻子看到这种情形，气不过想指桑骂槐说几句，却被他制止。与其说他觉得这样不好，不如说由于懦弱自卑不敢这么做。其实他的内心比妻子更愤怒。

另一家邻居的两个脏兮兮的小女孩，其中一个背上还背着婴儿，说是下雨天没地方玩，就闯到他家里来。她们的脚丫和身上的衣服比猫还要脏。背上的婴儿在哭。这三个人进屋后，见什么要什么。最大的女孩名叫阿桑，已经十三岁，开始具有女人的特性，对他的妻子大谈特谈隔壁那个土老财的坏话，还唠唠叨叨张家长李家短的种种闲话。妻子说，这些都是平时经常去洗澡那家的孩子，所以不能赶他们走。其实，他妻子平日里喜欢和这些孩子聊天，但的确也有厌烦的时候。"你们回家去吧。"妻子这么一说，两个女孩子异口同声说道："不要！俺家的人都睡了。门都关上了，黑咕隆咚的。他们叫俺们到下面的家里去玩。""下面的家"指的就是他的家。他想，不单单是猫狗，肯定这些孩子带来了更多的虱子。尽管他心急火燎，却对这些别人家的小孩不敢抱怨一句。妻子对他这种感受竟然迟钝得毫无感觉，三番两次让孩子冒雨出去，又是买豆腐，又是买砂糖，这让他看不下去，反过来斥责妻子。

每次去这两个孩子的家里洗澡，都是一个七十岁左右的盲目耳背的老太婆给他们烧火，打听东京的各种事情。其实她想听的不是现在的东京，而是以前江户的事情。她说"往事如烟"（竟然使用屠格涅夫式的语言），断断续续地谈起自己的过去。

她当姑娘的时候，在江户某官员的宅邸里当女佣，这家老爷原本要去甲府担任町奉行^①，却因为明治维新的动乱，没有去成。她还说那一年流年不利，连山王^②的祭祀都没办好。她回想起眼睛还能看见时所看到的江户的景物，问了他许多问题。她说自己是因为明治维新才回到乡下的，至于明治维新是怎么回事，她根本闹不清楚，嘟囔道："当时还以为会变成一个什么样的时代呢，可还是老样子，没有一点变化。既然这样，还乱哄哄地闹什么……"她对东京通电车、修公园这些事一无所知。他无法回答有关江户的问题，但老太婆还是问个不停。当她感觉到他对"江户"的事情不熟悉时，便改变话题，谈起自己当女佣的时候，正是那个家族的鼎盛时代，而现在的东家——老东家的儿子，实在没有出息，一无是处，还是个吝啬鬼，与左邻右舍的关系也处得不好。接着她忽然想起来，说孩子们经常到你家去玩，打扰了，还问"你是做什么买卖的"……她没完没了问着这些无聊透顶的问题，也要求他同样絮絮叨叨地回答。他本来就不擅言辞，所以对老太婆的问题不知如何回答，而且她耳背得厉害，即使回答，恐怕也听不见。他真想对她大声叫喊："我对你说的这些毫无兴趣！我不想管别人的事！"这个老太

①江户幕府的职称，掌管领地内都市的行政、司法，这里专指江户町奉行。
②东京都千代田区永田町的日枝神社的别名，其祭祀活动与神田祭、深川祭并称江户时代的二大祭。

婆冗长的絮叨没让他明白说的是什么，却足以让他心情郁闷。这个老太婆五六十岁时完全失明了，此刻她用那双眼睛仰望着他，凝视着他，流露出恳求他和自己聊天的表情（这个表情甚至及不上半死不活的狗的表情）。烧洗澡水的火晃动着往上蹿，忽然映照在这个弯腰驼背的老太婆身上。手里拿着长长薪木的老太婆的身影清晰地浮现在身后宽敞库房的黑暗背景上，看上去如同一个正在低声诅咒的妖婆。

从洗澡间逃脱出来，晚风凉爽宜人，吹拂着刚刚沐浴过的肌肤。回到家里，看见妻子在玻璃罩熏黑的煤油灯下看信，好像是家乡母亲的来信，但妻子似乎不愿意给他看，急急忙忙把信纸卷起来，满脸不高兴，直直地看着他，仿佛一声叹息落在他脸上似的。那一双眼睛泪光盈盈，看上去像是一种威胁，又像是哀求。其实他不看信也知道怎么回事。大概是他看来无关紧要，而在她们女人眼里则是非同小可的大事。她们之间有什么苦恼，似乎都互相倾诉。以前有一个名叫阿绢的女人到他家里向妻子哭诉，她年近四十，就是他们搬到这里时的那个带路人。由于这个关系，后来她经常到家里来。她第一次谈自己的身世时，不禁痛哭流涕。阿绢经历各种各样的遭遇后流落到这个村子里。最初他出于好奇倾听过一次她的人生遭遇，但后来阿绢翻来覆去都是同样的话题，弄得他一见到阿绢心里就发火，更奇怪的是，只要一看见她那张脸，胃就开始隐隐作痛。

他听见廊子的地板下面狗链子摇动的哗啦哗啦声，因为狗被虱子叮咬，痛痒难耐，就摇晃身子，试图赶走虱子。他觉得被虱子欺负的狗比阿绢的身世更令人同情。他感觉自己的后背、侧腹、衣襟、头发上都有无数的虱子开始爬动……

　　他每天一到傍晚就仰望天空，期盼尽快雨过天晴。不知道什么缘故，他总是望着傍晚的天空，放眼天际，看看是否有星星出现。然而别说星星，田野一片白雾茫茫，天空无比阴沉。

　　每天，琐碎而单调的事情像排列组合般枯燥无味地重复着，这些一旦与他的身心状况结合在一起，都化为了忧郁厌世的情绪。雨还在下，没有停止的迹象。今天是第几天了？五天？还是十天？两个星期还是一个星期？他不清楚。只知道这些是每天重复着的单调沉闷而漫长的淫雨。囚犯在监狱里就是这样度日的吧？噢！对了。这是生长在井边的蔷薇树的生活——没有阳光的照晒，即便到五月乃至八月中旬，还是没有一片绿叶，只有树茎如蔓草般东倒西歪地横竖伸展。他又想到了蔷薇。而且不只是想想而已。如今，他每天坐在桌子前面，将树荫遮蔽下的蔷薇的忧闷作为生活本身加以思考。

　　说到蔷薇，这蔷薇曾让他感动得热泪盈眶——事实上，自从那一次绽开一朵令他流泪的畸形之花以后，逐日鲜花争芳斗艳，妍丽妖娆。然而，美丽的蔷薇花也因为这一阵的淫雨，花瓣变得如纸片般皱皱巴巴，潮湿破碎——成了残花败蕾。

这样的日子里，唯有深夜才赋予他慰藉和安宁。他躺在床上，想到三更半夜鸡都睡觉没有出窝，于是解开狗链子，它们这时候大概正兴奋地在田埂上欢跳奔跑。想到这里，他心情十分舒畅。

可是，一天夜里，他听见有人在门外叫唤。当时他正坐在桌前苦闷地思考，打开外廊门一看，只见一个黑乎乎的人影站在树篱和水渠外边的路上。对方说话态度蛮横，他心想兴许是警察吧。

"这是你家的狗吧？"

"是的。有什么事吗？"

"太可怕了。都不敢走过去。"

他想，这个世界上大概没有比这个村子的人更怕狗的了。因为一个村民曾告诉他，这一带有特别多疯狗。而他的两条狗中，有一条是纯种日本犬。

"你放心吧。这狗样子吓人，其实很老实的。"

"你说得轻松，反正我不敢走过去。"

"它不是疯狗，不是连叫都不叫吗？"

"这是你养的狗，你无所谓，可是我心里害怕。你出来把它们拴起来吧。"

他心想这家伙说话之所以这么傲慢无礼，是因为黑暗中别人看不见他的脸，不由得心头火起，一把抓起身边的拐杖，也不拿伞，向路上奔去。那个陌生人还在唠叨，坚持说"必须把狗拴起来，不然我害怕，不敢走过去"。这个家伙怕狗怕得如此可笑，而他的狂妄也狂得如此可笑。他为自己的狗辩护了几句："这狗特别温顺，还未成年，所以喜欢接近过路人表示亲昵。"在他看来，现在狗就是无辜的百姓，这个男人就是暴君，而自己则是义士。他觉得这个人说话蛮不讲理，于是大声叱骂对方。妻子听见外面的争吵声，不知道发生了什么事，赶忙走到外廊上，一见这种情景，在黑暗中不断地向这个路人表示道歉。妻子的行为又让他火冒三丈，呵斥道：

"你给我闭嘴！低三下四的，道什么歉?！狗有什么不对的？他就是一个胆小鬼，又不是小孩子或者小偷……"

"什么？你说我是小偷！"

"我没说你是小偷，只是说那个害怕摇着尾巴老老实实跟在身后的狗的家伙像小偷。"

最后他真想揍这家伙。他们相隔五六间的距离争执起来。这时，他看见对方身后有一盏灯笼正朝这边过来，立即闪过一个念头：他们是一伙的！要是过来寻衅……他握好拐杖，摆出迎战的架势。

然而，出人意料的是那个提灯笼的男人走近前来向他道歉：

"对不起，多有冒犯。老爷子喝多了，"

他一听对方喝醉酒了，顿时觉得自己的做法很愚蠢。可是，他没有笑，一种难以言喻的心情袭上来，抡起手中紧握的拐杖，朝着在跟前摇尾巴的一脸天真的狗狠狠揍了下去。狗突然挨揍，嗷嗷地惊叫着朝家里逃去。那条没有挨揍的狗也跟着一溜烟逃走了。他呆然站立，接着啐了一声，把拐杖猛然扔进水渠，大步回到家里。那两条狗都躲在廊子的地板下，看见主人走进院子，便发出低声的悲鸣，诉说自己的冤枉。他虽然扔掉了拐杖，手掌依然紧握，手心是黏糊糊的津津汗水。

　　醉汉被提灯笼的年轻人带走了，但嘴里还在叫唤：

　　"等着瞧吧！我要把村里人召集起来杀掉你家的狗！"

　　从这天晚上开始，这句话成了他极大的心病。一想到村里人会不会真的把他的狗杀掉，那个说到身世就呜咽哭泣的胖女人曾经的告诫也不由自主地浮上心头——"这个村子啊，一到冬天，就杀狗吃狗肉。你可要小心点！有人说你家的两条狗又肥又嫩，正是最好吃的时候。虽然大概是开玩笑，可也不能大意啊。"

　　他扔掉拐杖，后来越想越觉得可惜。这根拐杖的银柄上雕有蔓藤图案，虽然称不上多么珍贵，但是他竟奇怪地深感可惜。于是，第二天，他装着遛狗的样子，沿着水渠上上下下走了十多町寻找那根拐杖。原本清澈的渠水，由于每天不停地下雨，变得十分浑浊。他最终也没有找到。他没有把一气之下扔掉拐杖的经过告诉妻子，因为实在太丢人了。

　　拐杖和那个醉汉临走时丢下的狠话让他心神不安，简直到了可笑的地步。他躺在床上，有时十分后悔当时没有揍他一顿，或是担心夜里把狗放到外面自由奔跑，会不会被人欺负……这让他焦躁不安，便竖起耳朵倾听外面的动静。只要听见狗的哀叫，他就火急火燎地到外廊上开门吹口哨，狗立即不知从什么地方窜回来。原来哀叫的是别人家的狗。但是，有时候不管他怎么吹口哨、叫名字，狗就是不回来，只听见更加激烈的吠叫。这个时候，他就坐立不安。"那不是咱们家的狗""没有听见狗叫的声音啊"——妻子起初对他的举动并不介意，但因为他唠叨得没完没了，这种幻觉也不知不觉地传染给她了。这两口子就像中了魔似的一到夜间就胆战心惊。而且也不知道怎么回事，煤油灯总是扑哧扑哧地不停摇摆，怎么修也修不好。他目不转睛地看着摇摆的煤油灯火焰，如同凝视自己烦恼不安的内心，更是急不可耐。一天夜里，他听见狗发出凄厉的叫声，赶忙来到院子，只见雷欧看着他大声吠叫，一副紧急求救的表情。远处传来像是弗拉德哀切的悲鸣。他跟着雷欧，循声走过去，一边走一边呼唤"弗拉德……弗拉德……"，寻找它的位置。不大一会儿，弗拉德回到他身边，只见它的半边脸和身体都是泥土，大概是被人按在泥地上揍了一通。他似乎听见有人在附近发出得意的笑声……从那以后，他每天夜晚只放狗出去自由活动一两个小时，然后再把它们拴起来。而且拴的地方改为玄关的土间——拴在大家都可以经过的院子的角落，还是让人不放心。可是，狗知道主人的叫唤是为了把自己拴起来，所以即使主人喊破嗓子，就是不回来。即使回来，也是一边看着主人的脸一边在院子里转圈奔跑，不让他们抓住。于是他用狗食引诱，但如果放在铁链子旁边，狗就不靠上前去。弗拉德是斗犬的后裔，腿脚强壮，牙齿粗硬。一天夜里，它居然把铁链子从中间咬断，为了逃出这四面墙壁的土间，又在廊下的泥土间掏出一个洞，硕大的身子从洞里钻出去，脖子上垂挂的半截铁链在泥泞的地上拖着，三更半夜在外面自由自在地快乐玩耍。于是，雷欧开始使劲叫唤，一方面是向主人通风报信，另一方面也是希望主人把自己放出去。

他也曾在白天重新思考自己在夜间为狗担惊受怕的事情，但发现这是一种强迫观念。狗大概也知道依靠自己的力量进行自我保护……他对自己为了狗这种无足挂齿的事终日忧虑感到羞耻可悲。可是，一到夜里，他就不由自主地忧心："我的狗会被人偷走的。会被杀掉的！一定会！"如今，对他来说，这狗不再是普普通通的狗——而是某种象征。所谓"爱"，其实是为此而"痛苦"。拐杖的事情也无法忘怀。他躺在床上，不为狗的事担忧的时候，就往往想起那根拐杖：因为是银柄，头部由于金属的重量会稍微下沉，倾斜着随浑浊的渠水流走，时沉时浮，流向远方，流向无边的远方。

　　这一天的雨势有所减弱，不想第二天却是滂沱大雨，比以前的更大，第三天又小下来，但第四天又是瓢泼大雨……这种间歇性的大雨小雨一直不停地下……多少天、多少天，天仿佛开了一个口子。这雨下得他心灵腐烂……让整个世界都腐烂。

　　　　一切都腐烂吧……

　　　　　愿意腐烂就腐烂吧……

　　　　随心所欲地腐烂吧……

　　　　　腐烂吧腐烂吧……

　　　　你的头脑……

　　　　　最先腐烂……

　　　　……

　　　　　……

　　　　……

　　　　　……

　　　　……

　　　　　……

　　无声的合唱从屋外，从四面八方涌进来，充塞整个房了，带着些许微寒和薄暗漂荡其间，仔细一看，雨脚正是用这样的节奏在不停地降落。无论在北面的窗户，还是在南面的窗户，这个忧郁压抑的节奏无数次反复敲击……别指望在几天内会停下来……

这里有一座小山丘。

从他家的外廊望过去，庭院的松树和樱树的树枝从两边伸展出来，相互交错重叠，形成一个圆形的空间。树篱的顶端支撑起了这个由枝叶形成的空间。就是说，二者搭建出一个绿色的框架，就像一个画框。从这个画框空间的底部可以望见远处的山丘。

他是什么时候发现这座山丘的呢？总之，这座山丘吸引了他的目光，他非常喜欢。在这阴雨连绵的日子里，当他将自己阴翳心灵的窗户——眼睛从人生的郁闷中摆脱出来，望向外面的时候，映入眼帘的便是这座山丘。

这座山丘，尤其透过庭院的枝叶形成的圆形画框看过去时，自然有一种别有洞天的情趣。山丘与自己的距离恰到好处，不远不近，似真似幻，而且由于雨水朦胧，时浓时淡，所以有时感觉靠近自己，有时感觉退避远方，有时又感觉隔着毛玻璃观看般模糊不清。

这座山丘犹如女人的侧腹，无数曲线悠然地舒缓起伏，优雅地朝着各自的方向迤逦蜿蜒，逐渐升高，拱起来成为立体形态。它整个镶嵌在绿色的画框里，如一篇构思大胆，开头与结尾又紧紧相扣、前后呼应的故事。它景色优美，浑然天成，舒阔豁然，布局有序，洋溢着古希腊雕塑那种沉稳静谧又生机灵动之美，宛若高雅华贵、面含微笑的女人的嘴角。山丘顶上是一片杂木林，所有的树木都如张开手指般向天空伸展枝丫，从他站立的地方望过来，树木高约一寸至五寸——觉得有时大约一寸，有时大约五寸，如修剪整齐的短发般排列着。这样，赤裸的山丘像是额头，而树林就是额前生长的美丽发际。树木与天空的交界处有很多极其微细的凹凸，其中蕴含着韵味无穷的律动。在略显美中不足的地方，山林主人的一处茅草屋顶妙不可言地弥补了这种单调。于是，在这丰腴圆润的翠绿天鹅绒般的侧腹上，几百道纵向条纹相隔等同的距离，呈弧形沿着山丘的斜坡从上而下平行地滑落下来，描绘出鲜明清晰的"大名缟"①图案。这简直就是一块碧绿的条纹玛瑙的横切面。那儿大概是杉树或者扁柏树等树木的苗圃。这倒也无所谓。只是山丘呈现如此绘画般的装饰风格，是因为在自然景色中添加了些许人为因素，而它们意想不到地发挥出了最显著的效果。树林间露出一座茅草屋顶，所产生的效果就妙不可言，已经分辨不出哪里是自然天成，哪里是人工营造。人在自然景物上精心严

---

①纵向细条纹。

谨的创作，与大自然融合在一起，天衣无缝，完美无缺。这是
何等的美丽啊！令人赏心悦目，感到美不胜收。自己梦寐以求
居住的艺术世界正是这样的地方啊……

妻子问道："你看什么这么痴迷入神？"

"噢，那座山丘。就是那座山丘啊。"

"那山有什么特别的吗？"

"也没什么……你看，不是很美吗？说不出的美……"

"是啊。像一件和服。"

妻子觉得这座山丘像是穿上了一件自己平时喜欢的色调
素雅的和服。

这是使用绿色颜料描绘的单色画。然而，这幅单色画与所
有优秀的单色画一样，在单色中蕴含着几乎无穷无尽的色彩。
越看越发现从中涌流出丰富的色调。乍一看不过是一团绿色，
然而各个部分的绿色其实千差万别，编织出一种难以更改的色
调。犹如一块碧玉，以本身的翠绿为基调，而经过研磨的每一
面都会产生各不相同的颜色和效果。

他的眼睛经常喜不自禁地停留在山丘上，休憩养神。

山丘对着他的眼睛这样说道：

"多么清澈透明的心灵！多么清澈透明的心灵！"

一天，从前一天夜里开始一直下个不停的雨突然停了下来。
早晨还是半阴不晴，临近中午的时候，太阳的形状从云间隐隐

渗透出来，在天空的深处呈现出淡淡的黄色。

妻子借口要准备秋季的衣服，对他说去一趟东京。与其说她担心天气阴转雨，不如说趁着丈夫的心情尚未"晴转阴"的时候赶紧行动，于是吃过早午饭，就急急忙忙地奔向她朝思暮想的东京去了。她的心肯定比她的身体快三个小时到达东京了。

他独自怅然若失地站在外廊上，虽然眼睛对着平时经常观望的山丘，却没有认真细看。他忽然发现今天的山丘整体情调与往日大不一样，好像不仅仅是天气和光线的缘故，可是他不明白究竟是什么原因。他左看右看，终于悟出一个道理，便从桌子的抽屉里把眼镜拿出来。他最近经常忘记戴眼镜，因为无事可做，眼镜几乎派不上用场。而他一直没有意识到，不戴眼镜让他的神经衰弱更加严重。一戴上眼镜，发现天地别有一番景象。他看出在天地之间有一种喜悦的东西存在，因为天空十分明亮，山丘看得清清楚楚。果然，今天的山丘与平日大异其趣——山丘的杂木林上方有群鸦飞翔。在淡淡的日光照耀下，山丘侧腰的凹凸面如被研磨过一般，呈现浑圆状，闪耀着金绿色的亮光。苗圃上几百株树苗形成竖条纹——对，正是这个地方不一样。再仔细观察这些竖条纹之间的地面，以左下角为轴形成的向上张开的三角形扇面上，地面的绿色不知不觉间变成了紫黑色。唔！什么时候变成这个样子的？又是出于什么原因？他觉得实在不可思议。好一会儿，他凝眸定睛直视山丘，如同世间突发罕见的惊天大事。他感觉那里简直就是童话王国的仙境，那么美丽，那么小巧，而今天又是那么神秘奇异。

他一直这样凝视着，发现山丘表面的紫色与绿色的交界处逐渐隆起，紫色部分逐渐扩张延伸。于是，他定睛——虽然这样眉宇间有点疼痛——望过去，看见一个很小很小的人影弯腰蠕动，正在匆匆收割什么绿色的东西。大概农民在树苗的行列之间种植农作物吧。但是，从这边望过去，似乎不像是人在收割农作物，更像是紫色的土地自行不断隆起。

他好像通过奇妙的望远镜看见童话王国里的仙女正在工作的景象，对这座小山丘生出一种超脱俗世的情绪，正如小孩子观看万花筒一样，眼睛一眨也不眨，满怀着神奇的憧憬。他索性把烟灰缸和坐垫拿到外廊上，兴趣盎然地凝视着，紫色的泥土像往外冒一样隆起，不停地推进。紫色的区域眼看着从一边迅速扩张，侵吞绿色的领域。淡薄的日光逐渐明亮起来。一束夕阳的余晖忽然从放晴的西边云彩的细缝间迸发出来，投射在山丘上。山丘在金光动荡中一下子明亮起来，仿佛彩色的脚光般一齐照射在上面。山丘上，仙女、杂木林都在地面上拖曳着长长的浓浓的黑影，使得仙境的风景更加清晰地浮现出来。刚刚隆上来的紫色泥土仿佛齐声叫喊着，发出像风琴的最低音般的声音。山顶树林中的茅草屋顶变得光滑，从中飘出一缕一缕白色的浓烟，如香炉的紫烟袅袅升起。于是，他心荡神驰，感觉自己成了仙境的国王。

这充满天地之间的荣耀、自然还有他本人的心醉神迷，如南柯一梦，在夕阳被白云遮蔽的时候烟消云散。夕阳在云间向着更加黑暗的云团和遥远地平线上的逶迤山脉坠落下去，云际间残留着耀眼的余晖。

不知不觉间，山丘完全变紫，因为仙女的工作已经结束了……在他看得如痴如醉的时候，天色不觉暗下来，外面已是夜幕低垂。尽管如此，依然能在黑暗中清晰地看见仙境般的山丘。

他觉得这座看似永恒的山丘很快也会消失得无影无踪。

当他回过神，意识到自己不再是童话王国的国王的时候，黑暗从远野、从群山蜂拥而至，满满地充斥所有的房间。他的周边黑夜如墨。他心想现在首先要点灯，便拿起放在烟灰缸里的火柴，划亮一根，接着在房间里划了一根又一根，想寻找煤油灯。可就是没找到，不记得放在什么地方。

说起来，最近常有这种事，虽然不是煤油灯这样的大东西，但刚才还拿在手里、还使用过，例如钢笔、烟斗、筷子这些小东西，不经意间就找不到了。这些一时不见的东西，后来在意想不到、仔细一想却是再正常不过的地方，或者当时细心寻找过却没有找到的很不起眼的地方出乎意料地冒出来。然而，在自己寻找的时候，这些东西故意刁难人似的不肯露面。这种事谁都会经常碰到，但像他最近这么频繁，绝不是谁都常有。这一阵子，他每天至少会两三次忘东西。这些不足为道的小事，在他眼里是多么严重。他甚至觉得这是无法解释的、神秘的、简直可以说是命中注定的大事。他还异想天开地认为，也许有一个无形的人故意把这些东西藏起来。这么一想，他觉得每天总有两三件小东西从身边忽然消失。因此，当他找不到煤油灯时，心想"又在搞恶作剧了"，就打消继续寻找的念头。可有意思的是，越不想去找，那东西就越容易找到。他意识到这一点，便从衣柜顶上把蜡烛台摸下来，点燃蜡烛，那红色的烛光阴森森地摇曳着。

在乡下，这样的夜晚独自一人在家，所有的门户都还没有关闭上锁的情况下，他心里有点害怕，感觉自己任凭一种怪异的——与知道底细的诸如入门偷盗的窃贼不同的另一种入侵者——最终还是不知其本来面目的入侵者随意进出这个家。防雨窗箱①，就其用途而言，都是放置在房子的角落里。他天生胆小，加上最近发展到异乎寻常的程度——除了神经质的小孩子之外，一般的人不仅不会同情，甚至都无法理解的程度——对家里的角落这样的地方都怕得心惊肉跳。他站立着，一扇一扇地把防雨窗拉上，防雨窗滑动的声音沉重地爬向田野，

---

①收纳防雨窗的箱子，置于外廊、外窗台旁边。

发出空荡荡的回响。大概受到这声音的惊吓，他看见已经安静入睡的两条狗白乎乎的身子从外廊底下出来，像傍晚那样对着远方狂吠……他拉上外廊的十扇防雨窗，打算去关闭对面短廊的防雨窗，其间要穿过六叠大的客厅。他刚一踏进客厅，猛然在壁龛前站住！那盏煤油灯……刚才那样仔细寻找，而且这个地方应该没有遗漏啊！大概因为平时都是些小东西，这么大的东西竟然也……这么一想，他有一种近乎恐惧的感觉……他不敢贸然伸手去拿煤油灯。他想，要是自己冒冒失失地伸手去拿，也许刹那间，煤油灯就会在眼前莫名其妙地消失，踪影全无……他意识到这个想法十分荒唐，一边控制自己不去这么想，一边大着胆伸出手去。噢，上帝保佑，还真的是实实在在的煤油灯。

他点燃油灯，关紧防雨窗，走到火盆前想喝茶，却发现没有开水。炭火已成灰烬，变成白白的炭灰。白天开水沸腾滚动，铁壶也咕嘟咕嘟作响，现在都已经凉了下来。这很正常。妻子十一点左右出门的时候，把炭灰覆盖在炭火上，保留火种，但后来他一直没有添加木炭。他全身心沉浸在那个童话王国的山丘上，整个世界上，别说炭火，连他本人都不复存在……今天还不错，两条狗吠叫的时间格外短，现在伸着鼻子哼哧哼哧打着响鼻，催促该给它们吃晚饭了。其实，现在饿着肚子的不仅是狗和猫，他自己刚才就觉得心慌气短，心虚胆怯，身体发冷，很明显原因之一就是饥肠辘辘。可是，要吃晚饭，必须先要蒸饭——妻子冷不丁告诉自己要去东京，她絮絮叨叨地解释"因为要赶火车，来不及给你准备晚饭"，还说"到汽车站后，顺便托阿绢过来帮忙做饭"。可是，他昨天晚上就已经第十次听阿绢讲述自己的身世，厌烦透顶，便让妻子淘好米，放好水，自己来蒸饭。他一屁股坐在熄灭的火盆前，心想晚饭不吃一顿也没什么。可是，现在两条狗催着要吃饭，想到它们经常忍饥挨饿的日子，他觉得今天必须做饭。他想起妻子说的"现在天黑得早，所以要早做准备"的话，走向厨房。

他解开狗链子，招呼它们到厨房。因为厨房里黑暗的角落很多，独自待在里面感觉有点寂寞。狗通人性，似乎懂得主人的心情，来到蹲在土间里的主人身旁，挨着他坐下来。猫也懂事，走到地板间的边上，在靠近他的脸的地方蹲下来。这奇异的家族围在呈马蹄形高高砌成的土灶前面，一声不响冷清团聚的时候，他才觉得心里踏实。他开始生火。引火柴烧得很旺，看着熊熊燃烧的灶火，他的心情也亮堂起来。可是，火很快就要熄灭的样子，他投进去两三根薪木，却烧不起来。他只好不停地增添引火柴，保持旺势。由于久雨不晴，薪木都很潮湿，所以无法燃烧。他只能依靠引火柴——心里抱怨为什么不多储备一点？引火柴本来就很少，添加五六次以后就用完了。他想到一个主意，把煤油筒拿出来，战战兢兢地往薪木上倒煤油。只见煤油在离地三四寸的空中燃烧起来，形成一团又大又轻的火球，像是在游走，像是神经质，仿佛一个缺少统一精神的人——他这样的人——处在亢奋状态中的燃烧。没有思虑，丧失理智，却无力地不顾一切地燃烧。片刻之间，火势颓败，精疲力竭。刚才煤油只是自我燃烧，一旦烧到尽头，那一团硕大的火球便四分五裂，一个个小火团在薪木上爬着往前窜动，蔚蓝色的火苗舔过木柴，旋即熄灭。这带着异味的黢黑浓烟，类似在荒唐无稽的激动过后袭来的沉重郁闷的心情一般，一下子聚集成块状，有气无力地上升。厚重的浓烟呛得猫咪吃惊地站起来，两条狗不约而同地背过脸去。他把刚才的试验重复一遍，结果发现煤油倒在泥土上比直接倒在薪木烧的时间更长。（实际上，通过煤油的燃烧方式，他像研究者一样，以那种病态般的周密细致一直观察自己焦躁不安的激动情绪如何演变。）他从炉灶里把刚才被煤油烧过、表面熏黑的薪木取出来，然后把桶里的煤油一气倒在灶底的灰烬上，再把薪木放进去，架起来，接着划一束火柴扔进去。黑烟和火焰从灶底冒上来，逐渐点燃薪木。

"好！好极了！"

他不由得低声叫起来。弗拉德抬起它那尖细的脸看着他的脸，似乎在询问是什么意思。薪木终于逐渐燃烧起来，如同内心受到激励的人所产生的强有力的感动，火焰炽烈有力。

啊！熊熊的烈焰多么美妙！他和狗的眼睛都闪耀着光芒，炯炯发亮，凝视着这被未开化者敬以为神的火焰。这时，他忽然发现，自己注视着火焰的眼睛里，竟然莫名其妙地出现妻子极小的背影——小得如同那个童话王国的仙女。身处火焰中的妻子好像挤在密密麻麻的人群之中……这不只是纯粹的想象，而是近在眼前闪动的幻影——难道幻影就是这样的吗？当他意外地产生这种形式的想象时，直觉地意识到——噢！妻子正在看电影。接着，他的想象半是脱离自己的意志，飞向东京最热闹的去处。紧接着……极其自然地冒出一个根本不可能产生的想法：自己现在不也正在那熙熙攘攘的人群中行走吗？——而此时，他正无精打采地蹲在阴暗寒冷的厨房角落的灶台前，一直盯视着未能尽如人意地燃烧起来的火势。如同苦行者继续苦修，他蹲着，被猫狗围在中间，在火焰中凝视自身的情绪。一种想法急切地涌上心间：也许这不是真正的自我，真正的自我在别处，所以这里的自我难道不是影子般的自我吗！当这个想法沁入他心间的时候，一道寒气从他的脊梁骨如闪电般穿透下去。他担心身边的所有东西——包括自己、炉灶里的火焰、两条狗、猫咪，抬眼看到的饭桶、提桶、油灯、水槽，一切的一切会突然间消失得毫无踪影。他提心吊胆地回头环顾四周。却看见墙壁上映照出他和两条狗的影子，向三个方向扩展，整个墙面一片黑影，随着火焰的跳动，墙面也在时大时小地颤抖，一刻不停地颤抖，每一次颤抖，都觉得一点点向他们靠近，似乎要把他们吞食下去。这时，他左边的雷欧突然站起来，从为了排烟而稍微打开的门缝中窜出去，接着急促地吠叫。竖起耳朵倾听兄弟动静的弗拉德也同样跑出去。它们齐声叫唤，好像是告诉主人有什么人向这边走来。他惊惧地站起来。可是狗立即停止叫唤，一副扫兴的模样，乖顺地回到原先的位置，在他身边坐下。

狗不寻常的样子，让他觉得蹊跷。他定了定神，稍微伸直腰部，试着从房门的节孔往外瞧。眼睛透过昏暗的夜色，发现一个小小的人影从柿子树后面走过来，但听不到脚步声。这个人影很小，这让他稍稍放心。然而，这个人走路竟然没有声音。人影朝这边移动，从门缝透出来的煤油灯光照在她身上的时候，他就毫无惊诧的感觉了。原来是阿桑。就是那个经常来家里玩的十三岁女孩子。可是她为什么……这个孩子总是咋咋呼呼，隔着大老远就大声叫喊着跑过来，有时叫着狗的名字，有时吹着口哨一路跑过，但晚上绝不会过来的，尤其像今天晚上这样不声不响更是不可能……这么一想，看她轻手轻脚地走路，还是觉得不正常，于是他想问个究竟，喊道：

"是阿桑吗？"

"噢！吓我一跳！是大叔啊。"

听对方这么一回答，就确定是阿桑。可是，他刚才叫阿桑的声音平稳温和，像是大声的自言自语，而阿桑的回答显然反应过度，甚至让一直忍耐寂寞的他惊跳起来。听到阿桑的声音，他放下心来，把门打开，看见她呆然木立门外，一脸怪异的表情。

"你怎么啦？阿桑……是不是在家里挨骂了？"

"……"她没有立即回答，可是片刻之后，她和往常一样，又开始唠叨起来："大叔你烧饭了吗？""大婶什么时候回来啊？"接着，像是突然想起来似的说道："哦，对了，看我都给忘了。今天俺家烧洗澡水了……今天天好，大家都下地干活。现在正烧着呢。过一会儿来洗澡吧……大叔你可真怪，俺家不烧水的时候，你想洗；俺家烧水的时候，你又不想洗……"阿桑说完，就匆匆忙忙地回去了。其实他今天倒是想听阿桑絮叨，可是她竟然走了。阿桑走出五六间的地方，大声说道：

"大叔，又下雨了。"

阿桑恢复了平常的样子。他想阿桑这小女孩现在总算心情平定下来了吧。因为刚才听她说洗澡的事情时，忽然明白她走路为什么悄无声息。他联想到了妻子说的话，什么"外面有风言风语，对阿桑一家人要提防点"，"堆在外面的薪木最近少了许多"，"时不时看见水井边上掉着两三根从柴火堆抽出来的木柴"，等等。

他虽然明白了今晚阿桑的意图，却不把这样的事情放在心上，只是刚才"大叔，又下雨了"这句话，以及之前从柿子树后面悄悄走过来的人影留在他心里。比这个更重要的是，他今晚辛辛苦苦烧出来的饭，不知道是因为沾在饭碗上，还是因为沾在他手上，总之有一股煤油味。（他把茶水倒进米饭里，对着灯光映照，没发现茶水上漂浮着什么东西。）他也就勉强吃了一碗，实在吃不下去。这天夜里，不仅米饭，连睡衣的衣襟、枕头、他的肩膀、嘴里、空气，乃至在他身边睡觉、手臂感觉到它的小心脏扑通扑通跳动的猫咪，所有的一切都沾上了煤油味。这似有若无的煤油味，与他以茶代饭喝下去的大量茶水发生作用。虽然是极其微弱的气味，却使他异常兴奋……这个味道，觉得有就有，觉得没有就没有。他忽然想起傍晚寻找煤油灯的时候到处划火柴，想起点燃木柴的时候摆弄过煤油，无论是把铁壶从灶火上拿下来时饶有趣味地看着火花在壶底噼里啪啦移动的样子，还是整个房间都充满煤油味，甚至连阿桑来偷柴火，这一切都让他预感到今夜家里要失火……他还觉得，空气已经做好失火的准备，现在通过煤油味向他的感官发出警告。噢噢……这栋房子终于要烧起来了！发生火灾，真叫人痛快。哦，不、不，这么想还真的会发生火灾……要是失火，首先必须把狗链子解开，不然它们会被烧死。不能到时候惊慌失措，现在就要事先做好准备，把它们放了……他又想，不要紧的，不会发生火灾。当前最重要的是快点天亮吧。他这样胡思乱想的时候，心里忽然冒出另一个念头：妻子真的去看电影了吗？他的脑海里浮现出今天白天那个仙女干活的姿态，从耀眼的夕阳照射山丘的火红色联想到火灾……他觉得这是入睡前的想法，又觉得这是梦中的想法，究竟是醒是睡，后来他自己也闹不明白了。

一个雨过天晴的夜晚。不记得究竟是哪一天，也许是写在这里觉得更顺理成章的日子，也许要晚几天吧，总之是雨过天晴的夜晚。一轮又大又圆的明月从山丘上宁静地升上去，如舞台背景推出的明月。

这天夜晚，两条狗比平时叫得更加悲切凶狠。

他走到院子，把狗链子解开，打算让它们出去活动。他从院子走到外面。皓月当空，心情愉快。月亮几乎已经升到中天。东边的天空一片晴朗，西边的天空越往前越阴沉，天际漆黑一片。广袤的天空就像被刷子刷过一样浓淡相宜。他凝神望月，然后往前走去。远处水车咯噔咯噔的响声沿着田野传来。山丘仿佛像个童话世界，那片仿佛如仙女侧腰的地面沐浴着柔美如水的月光，发出晶莹剔透的光亮。他在家门前的街道上来回溜达，看着身后的月光照过来投在地上的短短影子，有时不看自己的影子，而是望着无尽遥远的明月往前走。两条狗跟在他身后，互相嬉戏打闹。他停下来，两条狗在他的周围转圈，互相追逐。他侧耳倾听潺潺流水。他站立的脚下，有一条沿着道路的细流，摇碎月光，匆匆流淌，像一块闪烁着黑色亮光的硕大的云母片，发出颤抖的声音。忽然，一列从 K 开往 H^①的十点零几分的末班车在月光的世界里轰隆隆摇晃着驶过。这声音持续了一会儿。此刻，他对火车的声音感到亲切。月光如水，夜如白昼。不，雨天的白昼比今晚的夜色还要阴晦。他的目光穿过田野，投向南面的山丘……在能听见火车声音的地方，在山丘的彼方，是一座美好繁华的大城市……在那里，万家灯火，家家户户的窗户都锦簇耀眼。仅仅因为听到火车在远处的声响，这个幻想突如其来，毫无征兆地涌上心头。刹那间，的确就是刹那之间，山丘后面的天空变得通红，仿佛是无数灯光辉煌璀璨的映照……可是瞬间熄灭。这实在是神秘的瞬间。

"难道我对城市怀上了思乡病？"

他把目光从山丘上移开，这回看见一个黑影从道路正前方朝自己这个方向走来，目测距离约为两町。他目不转睛地盯着对方，一个人这样披着月光在无遮无拦的开阔地迎面奔来，的确令人毛骨悚然。于是他觉得月夜比黑夜更可怕。这时，人影向他发出一声尖厉的口哨声。

"咻！"

就一声。两条狗突然疾风暴雨般朝着黑影猛然冲过去。这

---

①从神奈川开往八王子的火车。

让他很不愉快。因为这两条狗除了听到他这个主人的呼唤外，从来没有主动朝别人跑去。就在这天晚上，仅仅一声口哨，就让两条狗飞也似的奔过去。他显得相当狼狈，同样"咻！"地吹一声口哨，而且声音比对方的更尖厉，要把狗叫回来。狗听见他的口哨声，似乎明白主人的意思，急急忙忙地返回来。

人影叫狗的名字：

"弗拉德！"

他也慌忙叫狗的名字：

"弗拉德！"

他的声音竟然和对方的叫声一模一样，由于他是在对方叫喊之后紧跟着叫喊，自己的声音听上去简直就是对方叫声的回音。这两个难以分辨的声音甚至让他本人都觉得是同一个。肯定连狗也无法区别开来。听见对方的呼唤，狗又朝着人影奔跑过去，没有回来。

他呆若木鸡地站在路上，瞪大眼睛试图辨认这个人影。对方像是从道路进入田野，沿着田埂走去，在地藏菩萨石像的地方拐弯了。接下来的事情……

简直不可思议！那个人影在皓然月光之下，在无遮无拦的田野上，竟然神奇地消失了。

"啊！"他刚要喊出来，声音却被硬生生地咽了下去。他一溜烟往家里跑，跑进家门。

"……这个村子没有人知道我的狗的名字，因为这个名字叫起来很拗口。不，孩子们知道。不过，他们总是把'弗拉德'错叫成'库拉德'。再说了，即使听见他们的叫唤，这两条狗除了我，也绝不会跑到别人身边去。退一步说，即使跑过去，只要我一召唤，狗就会立即回到我身旁。以前一直都是这样的。"他独自思考，"……可是，那个人影为什么突然之间无影无踪了呢……莫非是因为那时我的身体分裂成了两个人吗？难道世上真的有灵魂脱壳的疾病吗？倘若如此，难道我患上这种疾病了吗？狗无疑具有辨别声音细微差别的功能，尤其是主人的声音，狗绝对能够分辨出来。"

他的心脏剧烈跳动，持续了二十多分钟。他莫名其妙地一边注视钟摆的摆动，一边思考有关灵魂脱壳的种种文字记载，还有他的狗，等待着心脏平静下来。心跳终于逐渐平稳下来，他叫妻子去看看狗是否像往常那样在外廊下面。因为他怀疑那两条狗一直跟着人影走了，不再回来。狗果然不在老地方。然而，就在妻子呼唤的时候，它们十分幸运地（他是这么认为的）回来了。他问"还有月亮吗"，妻子回答道"有啊"。

第二天早晨，他才把昨晚遇见的怪事告诉妻子。因为昨夜他惊恐万分，根本无法平静地谈论此事。妻子听后，不由得开怀大笑起来，笑得他心头发火。妻子的解释是：人影之所以突然间消失，是因为狗跑到他身边表示亲热，于是他弯腰抚摸狗的脑袋，而田里长高的稻子遮挡住了他的身子。他觉得妻子这种解释似乎不无道理，但当时感觉到的怪异恐惧并不因为妻子的解释就烟消云散。

还有这样一件事。

有一天，深夜，一只飞蛾恋慕灯光，飞到油灯旁边。此地养蚕业发达，一到这个时节，飞蛾十分活跃。他最讨厌这种虫子，以前就是这样。以前有一次，这种虫子飞到油灯旁边，他用自制的苍蝇拍拍打飞蛾。被当场拍死的飞蛾，那状似眉毛又形如梳齿的粗大触角不由自主地微微颤抖，竭尽全力，终于把身子翻过来，露出又胖又软的恶心的肚皮，六条细细的小脚像搂抱什么似的不停地勾搂划动，还不时翅膀用力，把肚子挺起来。触角、脚、翅膀、肚子各自不停地做着有规律的细微动作，给他演示临死前的痛苦挣扎。这微不足道的小虫子就足以让他感受恐惧。从此以后他尤其厌恶和害怕这种虫子。

这种虫子浑身长满如灰色绢丝的细毛，黑灰色的脑袋格外小，上面凸出来一对猩红的小眼睛，闪动着令人恐惧的晶亮的锐光。它将翅膀紧紧贴在煤油灯灯罩上，像是粘在上面一样，一动一动，呈现出一种阴郁沉闷的姿态。有时又抽风一样慌乱地拍动沉重的翅膀，露出一副怎么也赶不走的厚颜无耻的嘴脸，顽固执着地围着油灯舞动戏谑。它紧贴油灯充满喜悦地扭动死亡之舞的时候，那怪诞的影子映照在泛白的茶褐色墙壁上，将大半个墙壁染黑，虽然听不见声音，却好像是一群狂呼乱叫的飞蛾麇集在一起惊慌失措般的躁动。飞蛾笨拙地躲避他的驱赶，逃到拉门上方，用它的厚翅膀吧嗒吧嗒地拍打着拉门上的糊纸，如疯狂的舞蹈发出的脚步声。

他等着飞蛾安静下来以后，撕下一块报纸，终于把它按住了。然后拉开防雨窗，把这令人害怕的虫子扔出去。他再也不想看见虫子被杀死的惨象了。

然而，不到十分钟，那只飞蛾（也可能是另外的飞蛾）不知道从哪里飞进来，又悄悄地靠近煤油灯，接着翅膀又开始进行可怕的、黑暗的、沉重的、喧嚣的狂舞。他再一次用纸把飞蛾按住，再次拉开防雨窗，把虫子扔出去。

然而不到十分钟，那只飞蛾不知道从哪里第三次飞进来。也许它就是曾两次让他受到惊吓的那只飞蛾，也许是另外的飞蛾。刚才他使劲握着纸包，里面的飞蛾应该被捏死了，别说重新逃出来，可能早就活不成了，所以现在飞进来的大概是另外的蛾子。总而言之，飞蛾三番五次地袭击他的煤油灯……他不能不认为，这小小的飞蛾身子里大概藏着什么冤魂吧。这么一想，他惊恐畏惧地不敢再去抓飞蛾，于是把妻子叫醒，让她来抓。接着，他拿着一整张大报纸从妻子手里把飞蛾接过来，用这张大报纸把小小的蛾子一层又一层结结实实地包裹起来，再用一整张大报纸极其认真细致地把纸包折叠在里面。这回没有扔到窗外，而是放在桌子上，上面压一本厚厚的旧杂志。

做完这一切以后，他才放下心来，躺进被窝里。

过了一会儿，他还是没睡着，便点上蜡烛，只见一个东西翩翩飞来，像嘲弄他一样从油灯旁边掠过，竟然还是一只飞蛾！

他再也睡不着了。

起先觉得钟声烦人，把闹钟和挂钟都关闭了。如今在他的生活中，时钟已经毫无用处，只是一种让人心烦的东西。不过，妻子每天早晨起床以后，总要把时针拨到差不多的钟点上，让停下来的钟摆重新摆动，她觉得，如果家里连钟走动的声音都没有，那就太孤寂了。对此他深有同感。他曾多次体验过这样的瞬间——邻居的声音、狗的声音、鸡的声音、风声、妻子的声音、他自己的声音，此外所有的声音和响动都同时停止。对这样的瞬间，他感到非常孤寂、悲切，确切地说是恐惧。他渴望和期待出现什么声音或声响。在这样毫无声息的时刻，他会对妻子说话，说一些毫无意义的话，或者自言自语：

"嗯，对。"

诸如此类的没有内容的话。

不过，时钟的嘀嗒声在夜间特别躁耳烦心，弄得他怎么也无法入眠。随着每一声的嘀嗒，他的情绪逐渐亢奋起来。因此，他睡前必定要关掉时钟。于是，妻子每天早晨都要把丈夫昨晚关掉的钟重新开动。丈夫晚上再把妻子早晨开动的时钟关掉。这样，开和关成为妻子和丈夫每天早晨和晚上必做的功课。

时钟的声音解决以后，院子前面水渠的潺潺流水声开始让他心烦意乱，感觉妨碍自己入睡。由于每天下雨，水声比平时响亮几分。一天，他到水渠边上看个究竟，只见先前——他刚刚搬进来、修剪荒废庭院的时候，从水渠土堤的水杨树上锯下来的粗枝依然还沉在渠水里，没有流走，像是一道栅栏，将水上漂来的树叶、破报纸之类的东西全部堵住。渠水为了要翻越这道栅栏，涌上来，再涌上来，于是发出哗哗的喧闹的水声。每天晚上令人烦躁的水声原来正是这个缘故。他自以为是地做出这样的判断，也不顾被雨水淋湿，下到水渠里，把树枝从水里拽起来。粗大的树枝上有许多小枝丫，整个儿还缠绕着滑溜溜的绿色水草。他先把水草扯上来，拉到路边，再往水渠里探看，只见刚才还缠在栅栏般的水杨树枝上的树叶、纸片、草鞋、女人的长头发等东西顺着流水，大约在五六间的距离沉沉浮浮地往前流去。他的目光忽然被一件东西吸引过去。

定睛一看，原来是前些日子和醉汉发生口角的那个晚上，打完狗后扔在水渠里的那根银柄拐杖。

这真是一段奇缘，拐杖重返手中，他异常高兴。他觉得自己当时的冲动是多么羞耻、愚蠢，都没有脸告诉妻子，不过有一次差一点说漏了嘴。他想，水渠的水声之所以这么喧闹烦躁，一定是拐杖故意弄出来的。它是在告诉主人，自己在这里，让他前来寻找。

他一手拿着拐杖，凝视着顺畅奔流的水面，心想今天晚上应该没有水声的干扰，可以安稳睡觉了。然而，他错了。当天晚上，虽然水声不像前天晚上那么吵闹，但潺潺流水并不宁静。尽管声音极其细微，但对他来说，感觉还是特别刺耳，和前天晚上一样，搅得他不得安眠。

但是，对这淙淙流水，他束手无措，徒唤奈何。

此外，还有一种声音也时常钻进他的耳根，那就是每天夜深之后才能听见的从南边山丘驶过的末班火车。而且这趟火车是在相当深的夜间驶过——因为时钟都已经关闭，无法知道准确的时间。如果是夜晚十点六分（？）从 T 站①始发，在离他家大约一里处从南面翻越山丘的末班列车的话，那时间就太晚了。而且深夜经过的列车不止一趟，第一趟过去以后，隔大约一个小时，又听见列车驶过的声音。可是与现实中时刻表的时间怎么也对不上……即使是黑不溜秋的货车，也不可能三更半夜在乡间铁路上频繁行驶。而且，他听得真真切切的火车声，妻子却断然否定，说自己根本就没有听见。当远处传来列车的隆隆声时，他强烈地感觉火车里坐着他的一个朋友，特地来到

①应该是现在横滨线的中山站和长津田站之间位于铁町南面的车站。

84

这个乡下，意外地来看望自己。如果真的是这样，这个朋友又是谁呢？是 O 吗？会是 T 吗？会是 A 吗？是 E 吗？还是 K？他在脑子里把想得起来的朋友都过了一遍，觉得谁也不可能来。然而，他的脑中清晰地浮现一个人的身影——一个他认识的人，正独自倚窗而坐。更奇怪的是，一天晚上，他竟然觉得这个人就是自己——以这个姿势坐在火车里的人，给他的怪诞幻想提供了爱伦·坡小说中那种恐怖而富有魅力的开头。

钟摆的嘀嗒声、渠水的潺潺声、火车的隆隆声——每天晚上都是按照这个顺序传入耳中，此外还听到其他各种声音。其中最可怕的是他住在城市里的时候，经常夜半听到的电车拐弯发出的尖厉刺耳的嘎吱嘎吱声。这种声音经常剧烈地穿透他的耳膜。一天夜里，他正睡得迷迷糊糊，忽然惊醒过来。他听见从距离大约一町之外、位于水渠上游的小学传来风琴的声音。他以为早已天亮，现在学校正上音乐课，可是一看身边，发现妻子还在熟睡，也没有晨曦从门缝中漏进来。万籁俱寂……除了风琴的声音。这是深夜。难道是自己睡得昏头昏脑了吗？他凝神倾听，没错。风琴以其特有的音色，清爽、甘美、忧愁地演奏出晚春暮色般的情调，一首十分熟悉的进行曲的旋律随风飘来。他听着这首音乐，陶醉神迷。还有一天夜里，电影院里经常听到乐队演奏曲子的某一节……好像也是什么进行曲……不知道从哪里传进自己的耳朵。当他感受到这些音乐声后，耳朵就再也听不见潺潺流水声了。于是，他不再为入睡辗转反侧，睡不着觉的时候也不至于那么痛苦。这些声音中，除了电车拐弯的嘎吱嘎吱声外，其他的或轻快清爽，或悠远深邃，带来不同的快感。在清醒地体味这些现象之前，那种如痴如醉的倾听让他真正享受到了难以言喻的愉悦。这其中风琴的音色最美，其次是乐队的演奏，然后是寒冬参拜者①敲钟似的余韵连绵的细微声音。风琴的声音只听过两三次，而乐队的演奏几乎每天夜晚都能听到。他听得入迷，不知不觉地跟着哼唱起来，感觉自己把躺卧的身子稍稍抬起来，用全身打拍子。这仿佛是一种性欲般的、即身心同时享受的快乐。如果是在修道院里获得这样的快乐，也许人们会称之为"法悦"。

幻听带来幻影。有时幻影会在幻听之前毫无征兆地独自出现。

其中一个幻影是极其细微却极其清晰的街市。在仰卧的他的眼前，正好在鼻子前方，浮现出微型的街道，微小而细腻，历历在目。现实中不会存在如此漂亮的街道。但是，他想象甚至相信，东京肯定会有这样的街市，尽管他还没有见过。那是灯火璀璨的夜景。五层楼的洋房还不到五分②高，那房子就更小了，不到半分或三分之一高。但是，这么微小的房屋，

---

① 在严冬最冷的三十天里，每天参拜神社的人。
② 日本长度单位，十分等于一寸。

家家户户都有精致的入口和灯光明亮的窗户。房子大抵是雪白的。青色的窗帘精美细致，巧夺天工，别说用世间标准衡量，就是一般人的想象都无法企及，这样的建筑物清清楚楚地排列在自己眼前。不，不仅如此，这些房子的屋顶上还装有避雷针，避雷针旁边是一颗星星，就一颗，如点缀在黑色天鹅绒上的一点银丝，耀眼闪烁……然而，奇怪的是，这美丽的夜色街头不见一辆车，更不见一个人……有林荫树，看起来像柳树……宁静的夜，但从每扇明亮的窗户能感觉到处处是难以言喻的人声鼎沸……不知何故，直觉告诉他，这是一家中国餐馆。他聚精会神地注视着，整个街市从他的鼻端逐渐远去，变得极其微小，眼看着就要消失的瞬间，那景色却又异常急速地扩大开来，刚才的那片街道变得极大，几乎和现实中的街市一样大，但还在继续扩张，变成无比巨大的大千世界……就在他看得惊呆的时候，街市又无声无息地逐渐缩小，变回原先的微型街市，重新回到他的鼻子前面。就在这几分钟，或许是几秒钟的时间里，他仿佛在童话王国经历从小人国到巨人国，再从巨人国到小人国的往返飞翔旅行。当这个街市变成巨人国的时候，他觉得自己的眼距也突然变宽——变成如巨人般的眼距，因此视野一下子豁然开阔。不知道出于什么原因，这与现实中真正的街市一样巨大的幻影突然一动不动了。他不时怀疑难道自己真的置身于这座城市中吗？慌忙摸到火柴划亮，在黑暗中环视着家中被烟火熏黑的天花板。

这样的景象经常浮现在他眼前。每一次出现的景象和前一次都分毫不差。这也是与这个现象相关的又一件怪事。

浮现在眼前的景象有时不是街市的景色，而是自己的脑袋。他觉得自己的脑袋只有黄豆粒那么大。可是，它不断扩大……像房子那么大……地球那么大……无限大……这么大的脑袋怎么能进入到宇宙里呢？很快，脑袋又以极大的加速度缩回到黄豆粒那么小。他焦急万分，不由自主地用手抚摸自己的脑袋，这样才总算放下心来。连他自己都觉得滑稽可笑。而这时，刹那之间，火车拐弯的嘎吱嘎吱声刺透他的眉宇间。

这些幻视、幻觉的出现似乎和幻听并没有什么必然的联系。幻听对他来说是一种愉快的感受，但从无限大刹那间变到无限小的伸缩幻影，连他都怕得心惊肉跳，无比苦恼。

他感觉这些怪异的病态现象一晚比一晚严重，于是开始怀疑这都是妻子传染给自己的。火车的声响、电车的碾轧声、电影的乐曲声、东京某处陌生的街道……他设想：这一切幻影都是妻子对都市无法摆脱的强烈怀念，无意中通过某种妖术的作用出现在他无法入眠的眼睛和耳朵里，形成影像和声音。起初真的只是一种假设，后来竟然觉得这才是真实。所以，一天傍晚，他独自在厨房做饭的时候，忽然想起那件事①，觉得妻子平时

① 指他的眼前出现妻子在东京看电影的幻影。

所在的厨房里充满着对东京的幻想。他还这么想：自己是个意志力衰退到几乎已完全丧失的人。具有更强大意志力的人①，或者麇集在这个无形空间里的某种魂灵的意志，与自己的意志力相比应该更强有力地对他产生过影响。他不得不承认这一点。

所谓生命，就是一种力量，它每时每刻征服和吞噬周围的一切东西，吸收它们内心的力量，化为己有，最后达到完美的统一。肉体上显而易见，魂灵和精神方面也绝对如此。而如今，他身上可以吸收和统一其他东西的神秘力量正逐渐衰弱，毋宁说，他拥有的身体正每时每刻地在消散。

有时候，他意识到黑暗是一种严丝合缝地麇集在一起的聚合物，具有极大的重量。

于是，他的喜怒哀乐以及恐惧惊怕，变成了与生活在这个现实世界的人们难以相通的东西。孤独与无为这一对兄弟实在具有奇异的力量。他有时甚至想，如果自己现在住在修道院的话会怎么样？如果他不是和妻子一起过着这样的生活，而是身心处在每天对着永恒的贞女——美丽的马利亚——顶礼膜拜的状态，那夜间的幻影多半是天堂的景象，而令人不快的东西大概是地狱的景物吧。这样的话，画像中的马利亚大概会轻启那高贵优雅的嘴唇对他说话，一切令人烦恼的东西大概就如

①此处指他的妻子。

画家斯皮内奥·斯希内里①笔下的魔鬼那般丑陋、可恶、恐怖，出现在他眼前，痛苦地折磨他。另外，一个未曾合眼入睡的夜晚，当一缕微光从门缝透进来的时候，他忽然听见小鸟的婉转啁啾，那种凄凉、哀切却又清新爽脆的声音，简直催人泪下。这样的心情大概就是忏悔之心吧。因为修道院这样的地方，其生活方式和思想暗示就已安排好各种各样的设计，为了更容易地唤起，也必须唤起那样的情绪。

他想到了这些。然而，这些想法直到后来才逐渐成熟。

他眼前突然浮现出人的脚。好像只有脚丫浮在半空中。不知道这脚究竟有多大，但从并没有引起人们的注意来看，应该和普通人的尺寸差不多。那脚十分白皙，很好看。就在他盯着看的时候，忽然又出现白皙的手指，犹如埃尔·格列柯②画中常见的那种大拇指和食指捏着小东西的形状……一会儿，手消失了，只剩下刚才的脚在轻轻地动着，像是踩踏什么东西。动的时候，脚尖上下翘动使劲，脚趾就像尺蠖一样屈伸……他在梦中想：这真是个怪梦。对了，对了！这是他去王禅寺郊游时迷路走进一户养蚕人家看见的缫丝姑娘的脚和手。她当时站在缫丝架上，用手把缫出来的蚕丝全部抓起来……这么一想，她

---

①斯皮内奥·斯希内里（1334—1410），意大利佛罗伦萨派画家。
②埃尔·格列柯（1541—1614），西班牙画家，作品有《受胎告知》《最后审判》等。

的手指又浮现在眼前。这白净的手脚在农村着实罕见……他朝上面瞭了一眼，那张脸也很靓丽。在前往这户人家的途中，遇到傍晚的骤雨……有彩虹浮现……在山中看到的。那个姑娘大约十六岁……不仅仅只是手脚，要是能更真切地看到她的全身该多好啊！他想起自己在梦中只是看到那动弹的白皙的脚丫，突然发现周围出现一片红色的亮光……睁眼一看，烛台上的火光亮晃晃地直射眼睛。他一下子惊醒过来。这时，妻子打开拉门从外廊走进来。大概是上厕所了吧。

他看着妻子，眨巴着因灯光晃眼而被刺激的眼睛，没好气地说道：

"你能不能注意点啊？平时都给你说多少遍了。只要稍微有一点灯光照我的眼睛，我就醒过来。刚才好不容易入睡，就被你吵醒了……"

"我刚才很注意啊……你一定是睁着眼睛睡觉吧？"

妻子说罢，急忙吹灭油灯。

"王禅寺怎么回事啊？你刚才说梦话来着。"

"什么时候？"

"就刚才啊。我划火柴正要点灯的时候。"

他觉得自己实在太愚蠢了。本以为梦见的是那姑娘美丽的脚丫，原来却是妻子的脚。他意识到，大概自己的脑袋离开了枕头，侧脸直接压在榻榻米上，看见妻子走路时的脚丫，还以为是在做梦呢。在王禅寺附近一户人家里缫丝的姑娘——当时，在那个地方有这么一个美丽的姑娘，正在孤单地、一丝不苟地缫丝，觉得很有意思，可是后来完全忘在脑后。自己竟然在意识朦胧的时候想起那个姑娘，这实在少有。

这只是一个例子。不仅仅这一次。那一阵子，只要想方设法让自己入睡，就经常陷入这种睡眠状态。

"绝对没有发烧，倒是觉得冰凉。"

妻子用手摸着他的额头，然后缩回去，摸了摸自己的额头，说道："我比你热得多。"

这反而让他十分不满，打算量一下体温，便叫妻子把体温计拿出来。可是由于多次长途搬家，体温计已经折断。

他想，如果不是因为发烧，那就是天气的原因。今天刮大风，似有若无的小雨点横扫着落下来，云和风本身都在迅猛疾飞，可居然还这么闷热。这样的日子，他一直害怕会有地震，胆战心惊。可是今天，正因为大风肆虐，他才放下心来。可毕竟是风天，这特殊的天气又让他产生焦躁不安的心情，令他提心吊胆，心神不定。

猫咪哟、猫咪哟，跟我来，跟我来！

猫咪哟、猫咪哟，躲起来，躲起来！

突然，从暴烈呼啸的狂风深处断断续续地飞来一曲童谣的合唱。他觉得这是风团搬运过来的，时断时续地传进自己的耳朵里。可是，这大概还是幻听吧。因为这是他故乡的童谣，而他早已忘得一干二净。在大风天里（对，就是在这样刮大风的日子里），孩子们，尤其是女孩子们一边转圈跑动，一边或互相抓着前面孩子后背的带子，或把脑袋钻进前面孩子的外褂里面，一遍遍反复合唱这样的童谣。孩子们就是在这样的大风天里喧闹，在他的老家门前的场地上围成一圈不停地边转边唱……这首童谣旋律单调，但采用叠句手法，具有亲切的节奏感，一边做游戏一边歌唱，十分贴切地表现童心。他的脑海里清晰地浮现出少年时自己的身影。当时他站在沙尘飞舞的风中，羡慕地看着他们游戏。记忆的决口就此打开。那时候，旧城遗址①后面，有一片黑色的杉树林——旧城山上最高的石墙下面有一条小路。那里的杉树很高很大，从密不透风的树干间极小的缝隙中可以看见河流，看见船帆。脚下是茂密粗壮的羊齿。小路从来都十分昏暗。山间弥漫着杉树林特有的湿漉漉的浓重的气味。他当小孩的时候最喜欢这条小路……长大以后仍然很喜欢。他由于做器械体操受了伤，两次打麻药的时候，都在麻醉剂作用下的梦中看见自己在那条

①指新宫的丹鹤城遗址，面对熊野川。

林间小路上行走玩耍。两次都梦见了！一天傍晚，他在森林中
发现一朵很大的黑色百合花，走上前去打算摘下来。就在他端
详花朵的时候，突然想起一个怪异的传说，万分恐惧，连滚带
爬地跑下山。第二天，他带着仆人上山，在那一带仔细寻找，
却根本没有。这是他第一次遇见不可思议的自然现象。这究竟
是小孩子的幻觉呢？抑或是自然界本身的幻觉——真实的奇花
异卉呢？他至今仍然百思不得其解。只是当时在风中袅袅摇曳
的美丽花朵一直留在心里。正如这朵珍奇的鲜花是他的"蓝
花"①的象征一样，当时他就是这样一个孤寂的孩子。他经常独
自在家后面那座旧城遗址的山丘、山背后沿河的森林里行走。
他格外喜欢大家叫"锅破"的那个水潭。那附近有一间烧石灰
的小屋，石灰石和方解石的结晶在他的小脑袋里注入了大自然
的神秘。另外，那水潭还经常翻滚旋转着四叠大小的蓝绿色漩
涡，让他看得入迷，如在梦中。他的确时而梦见这水潭。那时
大概八九岁吧……那时，要是他撒了什么谎，当天夜晚一定会
在半夜里醒来，心里总是牵挂此事，无法入睡，便推醒母亲，
表示真切的忏悔，乞求宽恕后才能继续入睡。还有，对了、对
了，就是每天半夜都能听到织布机梭子的声音。那时候，我也

---

① 德国浪漫主义诗人诺瓦利斯（1772—1801）在其小说《亨利希·封·奥弗特丁根》
中以梦见的蓝花作为浪漫主义的象征。他在德国文学史和思想史上被誉为"蓝
花诗人"。代表作有《夜之赞歌》《圣歌》等。

就五六岁吧。也许我从小、从那时候就已经开始神经衰弱，就出现幻听的迹象——他这么一想，骇然惊愕。这些幼年时的小事比昨天的事更鲜明清晰地（他对昨天的事情十分模糊茫然）记在脑子里。还有一件怪事，三四个月之前，夏末时节看见的那间山中独屋——那里盛开着百合花和百日红——在那间冷冷清清的大屋子里，只居住着上了年纪的母亲和她的女儿——就是白皙漂亮的手脚在他朦胧的梦中出现的那个小姑娘。她带着童话的情趣一直深藏在记忆深处。他时常把错误的信息强行镶嵌进幼年时代的记忆里，进而在那深邃的记忆森林中幻化成仙女。当他意识到自己有这种企图的时候，总是自责——那不是最近才发生的事情吗？他这样责备自己，同时予以改正……他一直这样沉溺于对幼年时代的回忆里，而这一切今天几乎被他忘在脑后，不留丝毫痕迹。今天，他在这样的回忆中变成小孩，眷恋地怀念父母和兄弟。对于只顾自己、不想别人的他来说，从来没有像现在这样痛切地挂念亲人。他甚至已经有半年多没有给父亲、母亲、兄弟写信了。因婚姻离异回到娘家的耳背的姐姐境遇最为悲惨。他首先努力回忆母亲的面容，半年前刚刚见过，现在却怎么也想不起来。他把印象中的碎片七拼八凑勉强拼接在一起，出乎意料地出现了一张十七八年前的母亲怪异的容貌——那时候母亲正患丹毒，满脸抹着黑色的药膏，像戴着一副黑色的面具，只有凹陷下去的眼睛闪着亮光。

她说"不要靠近病床"，有气无力地挥手把他打发出去。他抽抽搭搭啜泣着来到院子里，禁不住哭出声来。他泪眼模糊地看着山茶花的树枝和簇簇鲜花，忽然奇异地感觉这山茶花比母亲的容颜更加清晰地浮现在眼前……这些从未回忆过的景象竟然一个接一个排成一列浮上脑海。此时的心情忽然让他想到死。这的确是病人将死时的心情。如此看来，自己岂不是离死不远了吗？自己难道就这样死在一个熟人也没有的山沟沟里吗？如果一定要死的话……他的幻想天马行空。他从来没有这么直接地想到死。此时，他好奇地以特有的幻想模式描绘每个朋友得知他死讯时的表现。他侧耳倾听蟋蟀不停的鸣叫，那声音仿佛要在烈风中把人们的灵魂从浮躁喧嚣的世界引渡到独立于世的寂静中去。

他伸手想从枕头上方的书架里随便抽出一本书出来，就在手接触书架的那一瞬间，只听见"咣当！"一声，是打碎东西的声音。他以为是自己碰掉了什么东西，猛然一惊，看了看四周。原来是妻子在厨房打碎东西的声音，顺风吹过来。

他的书架如今着实可怜，只有几本旧书蒙着灰尘互相依靠斜斜地站立，都是一些不值钱的书籍，就自然而然地留下来，而且这两三年都已经看腻了。他随手抽出来的是《浮士德》译本。他只是想从那个对自己毫无好处、一时出于好奇而产生的死亡幻想中解脱出来，才翻阅这本毫无兴趣的书。但是，风声不断地从耳边掠过，厨房水槽上面镶嵌的唯一一块玻璃哗啦哗啦地摇晃，闹得他耳躁心烦。

他趴在床上，翻开书页，开始阅读。

　　　　这是胜过人间的快乐！
　　　　在夜露湿透的深山露宿，
　　　　将天地拥抱怀里满心喜悦。
　　　　以自己的努力汲取天地之精华，
　　　　在心中体验神六天的伟业①，
　　　　感受到骄傲的力量享受未知的情趣。
　　　　时而将全部的爱惠及万物，
　　　　下界凡人之所在完全消失……

　　这是他随手翻到的《森林和洞窟》一章里梅菲斯特的独白。这些话的意思，他自然十分明白。这不正是他当初决定搬到这乡间来的心情吗？

　　他从床上摇摇晃晃地站起来，从桌子上取过红墨水和蘸水笔，然后顺着刚才的诗句倒着往前看，开始阅读浮士德在洞窟里的独白。他用笔蘸上红墨水，在即将阅读的诗句旁边画线。他画的线既不能碰到一点铅字，也丝毫不能画歪，聚精会神地

---

① 《圣经·创世纪》记述，神完成六天创造世界的伟业，第七天休息。

画出极其神经质的细细的直线，这需要他颤抖的指尖付出极大的努力。

> 简而言之，我不会干扰你
> 时常品味自欺欺人的快意。
> 但是你无法长久忍耐。
> 你已经显得相当疲惫。
> 你要是继续下去，
> 要不快活地发疯，
> 要不阴郁地怯懦。
> 够了……

由于刚才专心致志地画线，所以想重读体会这一段诗句的含义时，才诧异地发现，原来梅菲斯特从这本书里对自己说话呢。噢噢，可怕的预言！变得阴郁地怯懦，这是真的吗？哪怕在浩瀚的书海中一行一行地细致查找，也绝对找不出这样具有启迪意义的、对他再合适不过的至理名言了。这句话是对他现在的生活最精准的评价。他看着这些精准得无与伦比的铅字，甚至觉得这些铅字都变得可怕起来。

"哎呀，这风太厉害了。你瞧瞧屋子后面灌木丛的那些树。本来就细，还要长那么高。这瘦高瘦高的，正好撞在风头上！

那个摇晃啊，真叫人害怕。你说，会不会折断啊？"妻子的声音有一半被大风淹没，感觉从远处传过来，在他听来，其中似乎包含着会有严重事态发生的警告。

他定睛一看，原来妻子站在床头。她刚才就一直站在这里。妻子问他吃什么，他不予回答，装作很吃力的样子翻了个身，故意把后背对着她，可是又立即翻过来，问道：

"喂，刚才你把什么东西打碎了？"

"嗯。一个西式盘子，十钱买的。"

"哼。十钱买的西式盘子？你是不是觉得十钱的西式盘子打碎也就打碎了？十钱也好，十元也好，那都是人随便定的价格。对我来说，它的价值超过十钱。每个盘子都是很珍贵的。说起来，盘子也是有生命的东西。哦，你坐下。这一阵子，你每个月都要打碎五件东西。你手里拿着盘子的时候，脑子不想盘子，而是心不在焉地想着别的事情。所以盘子生气了，就逃离你的手，滑落到地上。你不该这样朝思暮想东京的生活，你不懂如何在这个冷冷清清的乡下过上丰富多彩的日子。你细心观察一下，就知道这里的生活是多么热闹繁华。即便是厨房里的每一件用具，你觉得都微不足道。但是，如果你愿意，我可以告诉你许许多多有趣的故事。热爱生活，真正快乐地生活，不正是发自内心地享受这些细小的日常吗？此外还有什么呢？"

他说梦话般唠唠叨叨说教，平时沉默寡言，今天如此侃侃而谈，实属罕见。他一句紧接一句，喋喋不休。起先还是开导妻子，却不知不觉间变成自言自语。他滔滔不绝的时候，发现这些都是自己平时想都没想、出乎意外的想法的碎片。但是当他试图陈述新想法的时候，感觉言不尽意，无法准确表达，只有词语粗粝艰涩地从思想表面滑过。什么"日常生活的神圣""日常生活的神秘"，他想说人的语言无法表达的思想。终于，他闭上了嘴巴。

　　两个人都默不作声地听着外面呼啸的风声，过了片刻，妻子鼓起勇气断然说道：

　　"我说啊，三月份父亲给我们的三百日元，现在只剩下十几元了。"

　　他没有回答，突然自言自语般嘟囔道：

　　"我既没有天资，现在也没有任何自信……"

　　黑暗在他的身边涌动。这是由红色、绿色、紫色密密麻麻、重重叠叠、没有任何空隙地组成的无比沉重苦闷的黑暗。他在黑暗中摸到火柴，点亮枕边的蜡烛，然后起床。烛光微弱地映照在身边妻子的脸上。她还在熟睡，身子一动不动。在摇曳的烛光中，他静静地看着妻子没有表情的脸。这时，他好像与陌生人见面似的，仔仔细细地端详她的脸，有一种新鲜的感觉。

烛光把物体的形状清晰地分为两个世界——光明的世界和影子的世界。在这个光亮中看人的脸，在强烈的侧光映照下，红色光线的强烈浓淡所产生的效果，使人的脸显现出完全不一样的形状。他深切感到，人的脸——不仅仅是自己的妻子——所有人的脸恐怕都是这么丑陋。映入他眼帘的竟然是阴森可怕、凄惨丑恶、怪诞异样的一团东西。妻子睡觉前把西式发髻解开，将固定发型的假发绺摘下来卷成一团放在枕边。真是奇怪得很，他只有看到这个假发绺时，才意识到睡在身边的这个女人原来是自己的妻子。

他时而把烛台稍稍举高一点，时而把烛台靠近她的耳边，带着一种做实验的心情，从各个角度观察光线给她带来的变化。妻子毫无察觉，依然酣睡，也不翻身。他想：如果这时候一把利剑正顶着她的喉咙，她还会这样无动于衷地安然沉睡吗？不，这个时候，不论多么麻木迟钝的女人，出于人的本能，大概也会睁开眼睛。这是一定的。他又想，这个女人莫非现在正梦见自己被杀？不管怎么说，人在受到光线的蛊惑引诱下，会产生各种各样的念头。可是，事实上，有没有男人在这个情况下产生杀人的念头呢？

他不由自主地低声说道：

"然而，我并不是要杀这个女人……"

这是他对连自己都感到骇然的胡思乱想，进行的慌乱惊慌的辩解。

"那么，我为什么要这么做？"

他一下子回过神来，急忙把妻子推醒。

三更半夜。

妻子好不容易睁开眼睛，她避开刺眼的摇曳的烛光，把脸转向一边。如同所有还没有完全睡醒的人一样，嘴巴蠕动着，发出含糊不清的声音：

"又是说门没锁好吗？你放心吧。"

说罢，转过身去。

"不是。我要上厕所，你陪我去一下。"

从厕所出来，他要洗手，便把大门拉开一半。月光立刻透过门缝照射进来。月光洒在外廊上，在木板上形成扭曲的长方形的光块。奇怪，他刚才梦见的地方和此刻月光下的外廊竟然一模一样。这是多么奇妙的巧合啊！他首先觉得无比怪异诡秘，接着忽然心生疑虑：难道我们现在站在这里，也是梦境的延续吗？

"喂，我不是在做梦吧？"

"说什么呢！你睡糊涂了吧？"

他让妻子拿着蜡烛，月光洒在烛光上，烛光变得微红，失去了自身的亮光。焰尖随风翻飞，随时都会熄灭。妻子用衣袖挡风，火焰仍然大幅度地摇摆。不知不觉间，风逐渐平息下来，云却以汹涌澎湃之势急速向南面压过去，乌云从头顶越过，落下一阵小雨，从它张开的梦幻般的巨口中，月亮将冰冷的清光投在他们身上。

他忘了自己要去洗手，仰望这一轮罕见的明月。这月亮十分奇妙。也不知道是几时的月亮，虽然已是圆月，但下半部淡若无形，上半部在黑云之间深邃的夜空中浮光跃金，冰清玉洁。他觉得这上半部分的圆形酷似什么东西。对了，与头盖骨的顶骨十分相似。这么说来，这轮月亮的形状也与头盖骨很相似。那是用白银做的头盖骨，是经过研磨或者刚从熔炉里拿出来的白银头盖骨。他的思绪立即飞到海盗船上，无端地想起"神圣的海盗船"这个说法。他意犹未尽地仰望青色的月亮。啊，和今天完全一样，那时候，自己也这样站在这里。云彩的形状、月亮的形状，也和今天的毫无二致。一切的一切都分毫不差。不仅如此，当时想的事情和今天想的事情也完全一致。在过去——那个遥远的细小的洞窟的底层，也曾存在过与现在严丝合缝重叠在一起的事情……他瞬间茫然地思索……那是在什么时候呢……那是在什么地方呢？

在天空飞奔的积雨云似乎要把月亮——白银的头盖骨——吞食下去。

妻子似乎感觉有点寒意，说道：

"可以把门关上了吧？"

他听到妻子的话仿佛才想起来，出门打算去洗手。就在这个瞬间，他大叫一声：

"啊，不好了！"

"什么？"

"狗！"

"狗？"

他麻利地抓起用作门闩的竹棍，奋力朝院子的入口投掷过去。他看见一条白狗敏捷地闪身躲过翻着筋斗飞过去的竹棍，紧接着猛然跳起来，扑上去，一口叼住竹棍，一溜烟逃走了。他看得清清楚楚，白狗紧紧夹着尾巴，耳朵朝后面竖起来，从咬着竹棍的嘴里露出白牙，滴里搭拉地流着口水，沿着他家门前的道路落荒而逃。月光下，这一条一身毛茸茸雪白卷毛的狮子狗，四条腿如织布梭子般前后倒腾着飞速逃窜而去，看得他眼花缭乱。他一眼就看出来，这是王禅寺所在的山上的一座寺院里的狗。

"那是疯狗！"

他慌忙大叫自己的狗的名字，一直叫喊。大概狗不在附近，他的声音没有得到回应。妻子不知道究竟发生了什么事，只是跟着丈夫，也呼喊起来。两人尖利的喊声在山丘上回响。喊了七八声后，两条狗晃动着沉重的铁链，慢悠悠地走过来。它们甩动身子，铁链发出哗啦哗啦的响声，尽管不明白主人突然召唤它们的用意，但还是使劲摇尾巴讨好，鼻子也发出哼哧哼哧的声音。

月亮躲进了云里。

他从妻子手里拿过烛台，伸出去照看狗的样子，可是被风吹灭。他立即点亮油灯，看上去狗似乎没有什么异常。

"啊，吓我一跳。我想咱家的狗是不是被疯狗咬了。"

他躺进被窝，把刚才看到的情景一五一十地告诉妻子。妻子一直就不同意他的看法。她认为不论月光多么明亮，也不可能看得那么清楚。再说了，虽然王禅寺的那条狗疯了，可是早在一个星期、十天前就被宰杀掉。当时阿绢还说"所以啊，你们家的狗可要小心点"。这些事当时妻子都应该告诉过他——妻子把这些情况详细讲给他听，劝他不要胡思乱想。但是，他总感觉没听过妻子对自己说过王禅寺的狗发疯的话。他说：

"狗的幽灵在原野上狂奔。这种魂灵的世界，只有我才看得见……"忧郁的世界、呻吟的世界、魂灵游荡的世界。我的眼睛就是为了看见这种世界而生的吧——忧郁房间里的忧郁窗户朝着忧郁的荒废庭院敞开着。他认为，自己现在活着的地方已经不在生的世界，但是也不在死的世界，大概是在二者之间的一个幽冥世界吧。难道自己是在生的状态下游荡死的世界吗？如果说但丁是以肉体之躯游历天堂和地狱……至少、至少，我现在所站立的地方，是　道朝着死亡剧烈倾斜的坡路。

第二天——阴雨蔽月之夜以后的日子里难得的晴天。天地仿佛在今天早晨刚刚苏醒。世间万物在淫雨期间都逐渐地化为深秋景物，那倾泻在稻穗上的阳光、那和煦的微风、那天空、那天空上唯一的一缕纤云都自然而然地变得不再是夏天的景物。在他眼里，一切都那么清澄明澈，像是五颜六色的玻璃组成的风景。他整个身体都感受得到，他深呼吸，让清冷新鲜的空气直接进入肺腑，这比任何饮料都甘美。妻子今天并未像往常那样拴狗，看来不无道理。她做得对。可以看见他的两条狗——弗拉德和雷欧——在远处的田野上欢快地奔跑。年轻的农人抚摸着雷欧的脑袋，狗也高兴地默默任由抚摸。他出神地看着眼前的景象：阳光普照的田野、狗、弯腰干活的农人。太阳已经升得很高。他想，为什么不能早一点起床看这景象呢？他走下外廊，打算穿过院子去洗脸，看见应该昨夜被白狗叼走的那根竹棍扔在胡枝子树根旁，不由得苦笑起来。不过，这是愉快的微笑。

麻雀飞到井边啄食米粒——他想这也许是妻子故意多撒一些米粒。三四十只麻雀聚集在这里，以前从未见过这么多。听到他的脚步声，麻雀惊飞起来，逃到附近的树枝上。其实它们用不着逃跑。那棵柿子树上还有不知名的白脸小鸟。这时，他想起对小鸟布道的方济各。早晨从他家的屋檐袅袅上升的炊烟，透过阳光，如紫色的薄绢缠绕着柿子树枝。被雨水打得七零八落、未能开花的蔷薇，今天早晨也随处绽放。蜘蛛网上的露珠在朝阳的映照下，如装饰灯般闪烁。蔷薇叶上晶莹闪光的露珠滚落到蜘蛛网上，在这无法触摸、转瞬即逝的珍珠的重量压力下，蜘蛛网剧烈地上下颤动，而露珠顺着蛛丝向低处滑动，剔透闪亮地落到青草上。他可以怀着新鲜的感情欣赏这平凡之美。

　　他拿着吊桶打算去井边打水，朝井里一看，只见无边无际的苍穹在井底被切割成一个直径三尺的圆，如铺着一块深不见底的琉璃，静如镜面。井水仿佛从内部散发出清澈闪亮的光芒。他不忍把手中的井绳放下去，默默注视着井底，自己的心情也如井水般宁静安稳。由于连日下雨，打上来的井水比较浑浊，然而他心静如水，不会为这点事生气。

　　他坐在妻子摆好早餐的餐桌前的时候，心情极其平和。餐桌上摆着妻子前些日子从东京带回来的、这里平日没有的食物。火盆上的铁壶里开水翻滚。他想，正如妻子所言，忧郁的心情都是因为坏天气导致的。他正要举筷，忽然想起刚才在井边看见的含苞欲放的蔷薇。

　　“喂，你没注意到吧？今天早晨开花了，真美。那是我的花。花开了两分，那红色艳丽雅致。”

　　“嗯，我看见了啊。你说的是正中间那高枝上的花吧？”

"对。那是'一茎独秀当庭心'①。"接着,他自言自语道,"可以说'新花对白日'②吗?不行,'白日'不合适,毕竟它们已经过了花期。"

"到了九月才好不容易开花。"

"怎么样?你去把花摘来?"

"好的。我这就去。"

他一边用手指咚咚敲着餐桌正中间的位置,一边说道:

"就放在这儿。"

妻子立刻站起来,先去拿出一块白色的桌布,说道:

"那我铺上吧。"

"这个好。洗过了?"

"我担心弄脏的话,这下雨天没法洗,就先收起来了。"

"这太美妙了。我们要举办赏花盛宴啊。"

妻子听着他兴高采烈的笑声,走出去摘花。

妻子拿着插满鲜花的玻璃瓶回来。她双手捧着花瓶,像是舞台上的动作,略略显出不自然的样子,步履匆匆走进来。他一看,心里很不愉快,感觉被人恶意讽刺一样。他有气无力地说道:

"哎呀,你摘这么多啊。"

---

① 典出储光羲《蔷薇篇》:"一茎独秀当庭心,数枝分作满庭阴。"
② 典出谢朓《咏蔷薇诗》:"新花对白日,故蕊逐行风。"

"是啊，我把所有的花都摘来了。"

妻子的语气显得洋洋得意，可他心里窝火，因为妻子并没有理解他话中的意思。

"干吗摘这么多啊？我只要一朵。"

"可你没说啊。"

"可我也没说要很多啊……你瞧这儿，有一朵就足够了。"

"那我把多余的都扔掉吧。"

"算了算了，既然都摘来了，就放在那儿吧……哎呀，你是怎么搞的，我说过的那一朵你没有摘来啊。"

"什么说过没说过的，那里的花就这些，都摘来了。"

"是吗？我想要的是花萼呈蔚蓝色、花蕾艳红的那一朵。就要这一朵。"

"哎哟，还要花萼呈蔚蓝色，这么难，怎么找啊？我看那一定是太阳光反射的颜色吧……"

"嗯，可能是这样。那……"

"我说啊，就这么点事，干吗这么气势汹汹的？要是我做错了，我给你道歉。我还以为摘得越多越好呢……"

"用不着动不动就道歉，只是希望你理解我的话……我只要一朵。那一朵花蕾，摆在眼前，放在阳光下面，看着它逐渐开花。一朵！其他的花都让它们留在树枝上。"

"可是，你不是喜欢东西丰富吗？"

"宁可少而精，不要多而滥。真正的好东西就一个，这本身就足够丰富的。"他自己仔细品味起这句话的含意。

"好了，消消气，高兴起来吧。好不容易有这么好的一个早晨……"

"是啊，正因为难得有这么好的早晨，可你干的事让我不痛快。"

可是，他执意说着气话，开始逐渐觉得妻子很可怜，意识到自己的确太任性。妻子的食指上渗出一点血，大概是被蔷薇的刺划破的。但是，就他的性格而言，他说不出安慰妻子的话。既然如此，那就藏在心里吧，不让她知道自己的心情。但是，他不知道如何停止这些伤人的话，这让他的情绪更加焦躁。他强迫自己闭嘴，然后拿起插满蔷薇花的花瓶，举到和视线差不多高，透过瓶子看见绿叶浸在水里，显得更加青翠，叶子的背面到处银光闪耀，叶腋上长着淡红色的细刺，玻璃瓶的厚底如水晶般冷澈耀眼。这小小的玻璃瓶所营造的小小的世界就是绿色和银色的秀丽清秋。

他把瓶子放到眼睛下方，细致入微地观察每一朵花，发现有的是花瓣、有的整朵花都不幸受到虫咬，没有一朵是完整的。他刚刚有所平息的火气又一下子蹿上来。

"这花是怎么回事？你摘的时候就不能稍微挑选一下吗？哼！你瞧，尽是被虫子咬过的。"

他控制不住自己，脱口冒出刺耳的话，可是又觉得妻子这样会受委屈，急忙从瓶子里拔出最漂亮的一枝花，语气变得温柔下来，说道：

"啊，就是这朵，我说的就是这朵花蕾。你瞧，在这儿呢！在这儿呢！"

他的话里带着缓和自己情绪、宽慰妻子怨气的心情。但是，妻子理都不理他，默不作声地给自己的碗里盛饭。他斜眼看着妻子的举动，瞟一眼她的额头，突然心想，要是用这玻璃瓶朝她的额头砸下去……不、不，这可不行……这件事本来就是因为自己过于任性。他只好怀着孤寂悲切的心情，撮起那朵花蕾，放在自己的眼前观看……这个花蕾还很紧实，腹部已经鼓起，有一个针尖般的小洞。这个小洞无疑穿透好几层紧紧重叠在一起的红色花瓣，一直深深钻到白色的小花蕊里头。不言而喻，这绝对是虫子干的好事。他厌烦地紧蹙眉头，依然从上而下地看着花蕾。

他猛然惊骇地松手，花蕾掉在地上。

他立即把沸腾的铁壶从火盆上拿下来，重新撮起花蕾，毫不犹豫地扔进火里——花蕾的花瓣嗞嗞地烧焦……他看着火苗窜起的刹那，不由得"啊！"了一声，几乎要跳起来，但勉强控制住自己……如果这时候跳起来，那我就已经是个疯子了！他一边想，一边迅速但尽量稳重地用火筷子的尖头把化蕾从火盆里夹起来，扔进旁边的炭篓里。做完这些，他战战兢兢地察看火盆的炭灰，里面什么也没有，也没有任何残留，没有任何可以令他错愕、惊叫的东西。他把炭灰拨开，灰底也没有任何东西。他忽然看见青蓝色瞬间——比煤油滴在水里更快——扩大，覆盖整个灰面！这大概只是某种瞬间的幻影吧。

他用火筷子从炭篓底部重新把花蕾夹出来，被火烧过以后，花蕾褪了色，而且沾满漆黑的炭粉。他再次细致地观察花茎，正和第一次看见的一样，随着他手指的动作，从微微颤动的花茎上的花萼到被虫咬的两片叶子背面，现出了麇集的无数细微的虫子——这是什么虫子啊？与花茎一模一样的绿色，如幻想中微型的街道上的石墙那样密密匝匝层层叠叠，覆盖在整根茎上，密不容针。看见青蓝色在炭灰上迅速扩大是幻影，但重叠包裹在花茎上的虫子就不是幻觉——整根花茎、青蓝色、无数的、无数的……

"啊，蔷薇，你病了！"[①]

他耳边忽然听到这句话，其实是他自己说出来的，但是他耳中听到的好像是别人的声音。这只能认为是别人借他的嘴说出来。这好像是一位诗人写的诗歌中的一句。他记得好像有人在书的扉页还是什么地方曾写下这一句。

---

① "啊，蔷薇，你病了"，典出英国诗人、画家威廉·布莱克的诗歌《病蔷薇》（中文版一般译为《病玫瑰》）。

他极力想让心情平静下来，于是拿起还扣在桌上的饭碗，温和地递给妻子。就在他伸出手的刹那间，这句诗又莫名其妙地从嘴里蹦出来：

"啊，蔷薇，你病了！"

这顿早餐，他勉强吃完一碗饭。

妻子抽抽噎噎地啜泣。"哎！你又来了。"她一边在心里数落丈夫，一边收拾餐桌，拿起那个花瓶，却不知如何是好。那个被虫子咬过的花蕾经过火烧以后，大概被丈夫无意中揉碎了，细微的红色花叶七零八碎地散落在火盆旁边的木板上。他装作视而不见的样子，一只脚走下外廊，打算去院子。就在这时，他口中又冒出来：

"啊，蔷薇，你病了！"

今天，湛蓝的天空下，童话王国的山丘的侧腰线条格外鲜明清晰。沙丘的高处，树木耸立，茂密的树梢像扇形般延展开，美丽的云彩在上面轻盈地浮动。泛黄的红褐色山丘美不胜收，令人感动得热泪盈眶。

前些日子，这山丘的颜色一天之内就变成紫色，凸显出竖条纹的碧绿①。今天，更有纤细的黑影②与竖条纹交织在一起。所以，今天的山丘更令他神魂颠倒。

---

①指绿色的树苗。
②指树苗的影子。

“我最后会不会在那儿上吊自尽啊？那座山丘好像在召唤我。”

“胡说些什么啊！别走火入魔给自己这种无聊的暗示！”

“要是不会郁悒此生，那当然最好……”

他的幻想让他忽然举起一只手，仿佛把一条无形的绳索抛向山丘的一根无形的树枝上……

“啊，蔷薇，你病了！”

井底的水依然和早晨一样，轻轻地荡漾出圆圆的涟漪，映照出他的脸。柿子树上一片虫蛀的黄叶翩翩飘落下来，孤零零地浮在井水上。水波从这轻盈的一点向四周宁静地荡出圆圆的波纹，井水在细微地泛动，然后恢复平静。静谧、静谧。无限的静谧……

“啊，蔷薇，你病了！”

蔷薇树丛中，如今一朵花也没有，只有树叶。甚至树叶也都遭受虫咬。他无意间看见妻子拿着今天早晨插满鲜花的瓶子走进厨房的昏暗角落，放在隔板的紧里头，像藏起来似的。那红色的花儿显得冷清岑寂。这一幕刺痛他的双眼。

“你为什么为这么点小事生气呢？你游戏人生。这太可怕了……你不知道忍耐。”

“啊，蔷薇，你病了！”

屋后竹丛的一根竹枝上缠着葛藤叶子，没有风的吹拂，但那唯一的一片葛藤叶奇怪地左右大力摇摆翻动，背面泛着白色的光——他一直凝视着……两条狗看见主人，立即欢快地从田野飞跑过来，依偎在他脚下。他闪身试图躲避……伯劳不知道在哪棵树哪根枝上尖着嗓子刺耳地鸣叫……成群的候鸟在夕阳耀眼的天空自由自在地飞翔……他仰望着……黄昏明亮的宝蓝色天空……他看见，对面山麓的人家安静地袅袅升起一缕细细的炊烟……

"啊，蔷薇，你病了！"

这句话总是追随着他，虽然是他亲口说出来，但不是他的声音，听起来是别人的声音。否则就是他听到别人的声音后，立刻模仿出来的——可是，他应该一整天都没有开口说话。

两条狗齐声吠叫，听到自己声音的回声，又吓得狂吠不已。回声更加厉害，狗也叫得更凶……他的心情变成狗的叫声，狗的叫声变成他的心情。妻子正在昏暗的厨房的灶坑里生火做饭。妻子想回东京的念头，肯定是在这个地方滋生的。不知道去哪里野了半天的猫咪回来了，喵喵地催促晚餐。火苗猛然窜上去的时候，妻子的半边脸被映照得通红，显得很丑。插有蔷薇的瓶子在厨房角落的昏暗中浮现出来。这蔷薇、这被虫子侵蚀的蔷薇令人望而生畏！

他划一根火柴，本想点灯，当火柴的亮光照在手上的刹那间——

"啊，蔷薇，你病了！"

他忘了用火柴点燃灯芯，只顾侧耳倾听这声音。细细的火柴棍燃烧到尽头，变成一根红炭，索然熄灭。焦黑的火柴头孤单地掉落在榻榻米上。难道这个家的空气变得抑郁、潮湿、腐烂了吗？他再划一根火柴。

"啊，蔷薇，你病了！"

他划了一根又一根，一根又一根。

"啊，蔷薇，你病了！"

这声音究竟来自何处？是上天的启示吗？是预言吗？总之，这句话紧随身后，不论他在何处，不论他到何处……

都市的忧郁

左邻右舍看这个家都觉得有点奇怪。这家里住着一对年轻的夫妇，还养着两条狗。妻子每天早晨出门，身穿艳丽的衣服，绝非一般意义上的时髦。这个大约二十岁的少妇出门以后，从外面看感觉这个家没有人，所有朝外的板窗一扇都不开。但是，其实这不是空的家——屋子里还住着一个他。

　　这是一幢位于坡路中间地段的小平房。不知出于何故，这个坡路名叫"幽灵坂"，也名副其实地是一段狭窄的坡路。这条路既不是前头不通的死路，也不位于城市偏僻的郊外，可是对在社会上劳碌奔波的人们来说，都与己无关。不难想象，如果不是附近的住户，恐怕谁也不知道还有这条路。他的家就位于这坡路的中段位置。这栋房子终日不见阳光，而且一到冬天，干燥的寒风卷起的沙土就灌进屋子里。这样的日子感觉很不好，他也曾经把朝外的板窗全部打开，可是没有一丝阳光照射进来，沙土随着风噼里啪啦地打在拉门上，于是只好把朝外的板窗紧紧关闭。即便如此，沙尘还是被寒风从板窗的缝隙里送进来。房子终日不见阳光，又没有收拾家务的女佣，越发显得寒冷、阴暗、荒凉。他一整天几乎没有一句话，都是蜷缩在妻子出门前为他在窗前准备好的移动式暖炉①里。也不做什么事，只是每天思考各种各样的问题，不过都是些漫无边际不得要领的事情。要深切感受事物，其实需要灵活的心态。可是，他的心灵已经丝毫没有这样的灵活性。在他思考的种种微不足道的事情中，最紧迫的问题，就是"太阳为什么不照进自己家里"这个极其无聊的事实。他觉得，自己心里已经丧失生机和活力，如今空无一物，其原因大概出于住在这个终日不见阳光的家里——一天晚上，他曾把这个想法告诉妻子。妻子像是安慰撒娇的孩子似的说道，其实太阳也有照进来的时候。据妻子所言，她每天早上出门的时候——也就是九点前后——朝阳就照在朝外的窗户上。听了妻子的话，第二天早晨，他一早就和妻子一同起床。打开窗户一看，只见最左边一扇拉门的上方，一道如双手的大拇指与食指合在一起形成的三角形那么大的阳光——虽然是冬天，毕竟是朝阳，依然明亮——耀眼地照在被烟熏成银灰色的拉门上。拉开拉门，色彩斑斓的阳光穿过飞舞的尘埃，直接照射在已经变成绛紫色的榻榻米上，形成一个三角形，照出积在榻榻米上的白色灰尘。他看着意想不到地照

---

①移动式暖炉，放在脚炉木架里可移动的暖炉。

进来的阳光，如同陋巷贫家的孩子意外地看见家里来了位贵客，惊讶地久久盯视。房子对面是两栋两层楼，楼房屋顶的高度有点错落，阳光就是通过错落之间的空隙照过来的。他看着太阳的方向——他大约有五十天没有从自己家里看太阳了。阳光在陈旧的榻榻米上移动，十分幸运的是，这只有巴掌大的一小块阳光一点点变大，大约十分钟后，变成斜面有三尺多的一块。他蹲下来注视着这一小块珍贵的阳光。阳光终于勉强能照在他的半个肩膀上，他感觉到它在逐渐缩小离去，十分钟后，阳光消失。屋子里任何地方都没有一丝日光了。一直以为整天都不见天日的屋子竟然也有阳光的惠顾，而且每天有二十分钟！此后，为了享受这二十分钟的阳光，他每天早晨都和妻子同时起床，一起吃早餐，然后拉开一扇板窗，沐浴着朝阳的光芒。二十分钟！然后再钻进被窝里，像狗一样进入睡眠——迷迷糊糊、极易醒来的浅睡。因为妻子早上出门以后，都会顺路到商店为他购买晚餐的各种食材，这些商店的小伙计送货上门的时候，和主人一样正在睡觉的狗一定会在厨房门口吠叫。于是他睁开眼睛。就这样，他的一天从中午开始，有时候午饭吃的是剩下的早饭，或者根本就不吃午饭……

这里简略叙述一下他这个家与太阳的关系。一天，他偶然发现，放着自己下午经常钻进去的移动式暖炉的窗子对面，是一堵板墙——这是自己家和邻居的分界线，名副其实的近在咫尺，触手可及，将近一个小时有阳光（尽管只是少许）照在上面。由于反射的作用，自己家那个昏暗的两叠大的房间也能感觉到些微温暖的光亮。这堵板墙属于邻居所有，与自己家无关，仔细一看，发现阳光照在板墙上的明亮之处，邻居那一头的钉子朝自己家这边露出细细的尖头。他忽然心血来潮，走到妻子的梳妆台前，拿出一面稍大一点的镜子，然后把镍做的镜腿使劲往后掰成弯曲形状，再挂在板墙上阳光照射之处的钉子尖上。阳光经过镜面的反射，照到放有桌子的房间的墙壁上。他凝视这小小的阳光，然后高举双手，挡住这细小的光线流淌进来的光路。阳光照在他的手掌上。这一天他像婴儿那样，经常收握和张开这一双被阳光照过的手。最后，他冷不丁从移动式暖炉的被窝里站起来，把脸迎向光路，聚精会神地看着太阳里的镜子，看着镜子里的小太阳。当然，这一切都是他无聊至极的举动，当他意识到自己的所作所为时，感觉到一种不可名状的荒唐，同时涌出阴暗忧郁的心情。这个瞬间，他竟然觉得自己不是囚犯就是疯子。

他忽然想起两个月前还居住着的那个田园之家。那个田园之家的庭院。那个庭院背阴处的蔷薇。半年前，这田园的蔷薇对他来说还具有一些象征性，因此是美丽的。然而，他如今没有任何可以寄托梦想的东西。这儿是灰色的都市，这是终日不见阳光的家，这是把一切声音都要完全抹掉的冬季。他自己是一个毫无才华、毫无素养的文学青年——不，只是一个在郊外剧场跑龙套的小演员的丈夫。如果按她的说法，大概是因为老公没出息，才使她沦落到在郊外的剧场跑龙套吧……

百无聊赖的一天过去了……这个不见阳光的屋子黑得特别早，而且看来这个家尤其黑得早，电灯还没有亮。在步履匆匆来临又漫长的黄昏中，他找到已经熄火的长方形火盆，靠着小拇指尖那么小的火种把火吹燃。于是，他继续漫无边际不得要领地思考刚才那漫无边际不得要领的问题——他难道就这样作为郊外剧场一个跑龙套女演员的丈夫了此一生吗？也许真是这样——如果真是这样，那也认了。事实上，虽然所有的前辈和朋友都对自己表示过善意，但最后还是不得不作罢，这大概还是因为自己没有才能吧。又有谁对一个丧失自信的人抱有希望呢？——妻子说"到了城市，总有机会的"，将他重新带回城市，起先每天深夜回来的第一句话就是问他"今天有什么消息吗"，可是最近连问都不问了。所有的人大概都已经把这个"也许有才的男人"忘到了九霄云外。这也没什么奇怪的。"也许有才的男人"这种自信，在自己的心里不是也正逐渐消失吗？其实这也无所谓。还是应该尽早从这种愚蠢的梦幻中清醒过来——可是，要是不得不在这没有阳光的家里住一辈子，那是多么可悲啊！

"不见天日者！"

他忽然想起这一句俗话，随口嘟囔出来。不见天日者，世外之人，被世间耻笑之人。他虽然这样理解，但"不见天日者"这句话广为人知的含义并没有对他造成多么强烈的影响，反而是"不得不住在不见阳光的地方的人"这种字面意思让他感到可怕。

他在南方长大，怕冷。正如寒冷时节不会开花一样，人在寒冬思维也经常冻结。对于只有陶醉于空想才能活下去的他来说，使想象力迟钝弱化的冬天是令人悲伤的日子。所以，每到冬天，他都要晒太阳，idle hour（偷懒）。然而，这个家没有阳光。他出生于中产阶级家庭，还从来没有在阴暗的家里过过冬——所以，如今不得不住在这样的房子里，他刻骨铭心地感到自己已经潦倒落魄——他想，我不适合住在这种不见阳光的屋子里。无论是谁，都不合适。不，不仅仅是人，狗不是也喜欢晒太阳吗？——但是，这样的抱怨最多也就一两个冬天，如果现状一直持续下去，估计他很快就会适应这个没有太阳的家。不论多么恶劣的环境，人都会适应和习惯的。这不正是人最大的悲哀吗……

他注视着逐渐燃烧起来的火苗，以傍晚歇斯底里般的兴奋继续思考这种虚无缥缈、毫无意义的事情。电灯忽然亮了，房间顿时明亮起来，午饭后被推到角落里的狼藉杯盘显得脏兮兮的。房间明亮的时候，他无意间瞥了一眼放在碗橱上面的座钟，指着五点——他凝视着钟盘，心想离妻子回来还有五个半小时，不免觉得自己十二点左右起床后的半天时间匆匆忙忙又极其无聊。

一位前辈对他说："两三天前，从你家门前路过，本想进去打声招呼，可是大门紧闭。探头一看，狗躺在入口的横木上睡觉。你们家的生活简直都可以写小说了。"这位前辈住在离他家不到一町的住宅区，时常牵着狗出来散步，回去时偶尔也进来坐一坐。一次，他在这个前辈的家里遇见一个西洋画画家。这个画家盯着他的脸仔细端详，然后说道："有意思。您的这张脸极具绘画性。从头发的形态到胡子的模样都极其统一和谐。我希望用青色和黑色作为基调把您的容貌描绘出来。"他明白人们为什么都说这样的话。因为他家那种淤塞浑浊冷飕飕的空气已经蔓延到屋外，过路人都能感觉出来，而且他困顿疲惫的精神状态在脸上也惨兮兮地暴露无遗，甚至都会引起初次见面的陌生人的注意。"你们家的生活简直都可以写小说了""用青色和黑色作为基调把您的容貌描绘出来"，这样的话对他这个神经质的人来说，无疑与"你全部的生活只有那些低俗的情趣，因为你正走向毁灭"这样的话有一样的效果。虽然他认为这个想法很乖戾，但不得不承认自己的确有产生这种乖戾想法的自卑感。另外，他的岳母时常过来看望这两口子，看到这个女婿自命清高到不可理喻的程度，却在生活上一无所能，倘若和他商量金钱或者别的什么事情，明明与他密切相关，他却像听别人借钱似的爱答不理，头转向一边。岳母对这个怪脾气的女婿非常看不惯，有时候面带苦笑地嘲讽道："像你这样的人，最多也就是到哪个大户人家去照料他们的狗。"人们在各种场合说的这些话都留在他心里，有时候会突然浮上心头，让他羞耻。这固然让他很不舒服，但还有一件让他咧嘴苦笑的事情。就是每天傍晚灯亮起来以后，他环视房间，时常想起这样一句话："到你的家里一看，就觉得和一个破落的炒股投机者差不多。什么衣柜啊、长方形火盆啊、碗橱啊，都和这个家不相配，因为太太还没有为这个家辛苦操劳呢。"这是他的朋友江森渚山说的话。渚山就是这样的性格，说话直来直去，信口开河，当时觉得这个人挺有意思的。可是，一旦从这句话想到说话的江森渚山，他的苦笑就更加苦涩，心情也变得更加沉重。

他认为，江森渚山才是名副其实不折不扣的落魄者——这个念头刚冒出来，他又立即反躬自省：如果认为渚山还不如自己，自己还没到渚山那种程度，这不是无意间的自我安慰或者自夸自诩吗？这是何等的卑俗粗鄙啊！不仅仅是他，凡认识渚山的人都瞧不起这个比自己年长的朋友。渚山隐瞒自己的年龄，所以不清楚他真实的年龄，不过至少比自己大十岁，即上一个时代的人。渚山经常找机会高谈阔论自己在上个时代文坛动荡不定的形势下如何脱颖而出，崭露头角。渚山小时候的朋友们都面带意味深长的微笑默默地听着。据渚山说，认识当时的两三个大作家，通过这些大作家的介绍，自己的两三篇作品在相当重要的杂志上发表。这成为渚山最愉快的回忆——渚山从文学生涯的第一步就推崇重视经验的自然主义艺术信念。不仅坚信，还身体力行。渚山的母亲大约二十年（？）前去世的时候，渚山继承一笔在当时绝非小数目的遗产，大约两千多日元。渚山自信才华超人，决心尽毕生努力实践其才华。当时所有人都说要想成为优秀的小说作家，人生经验比学问、人格以及其他任何东西都更珍贵。为了获得这人生经验，同时也为了享受青春岁月，他便倾尽钱财，走遍各地的避暑地和温泉，尽情享乐，度过丰富多彩的岁月。渚山的人生经验逐渐丰富起来，并试图以自己丰富的人生经验向文坛进军的时候，不料文坛的风向——这与变化无常、没有理由的普遍的流行趋势毫无区别——已经不再是当年所信奉的主义，而是反其道而行之，思潮背道而驰。然而，如果正处在发育旺盛期的头脑毫无疑虑地信奉某种主义，成长成熟以后，即使这个主义变成幽灵，这些盲目的信奉者也会长期受到幽灵的困扰，其中的意志薄弱者或者キメ的笃信者，会一生被这主义缠住灵魂。实际上，即使后来有此路不通的碰壁感，渚山对所信奉的理念也不会改变。他知道少年时代的朋友一个个都有新时代的思想，同时宽容地予以理解，但经常在言语中有意无意地流露出自己落伍于时代的思想。而且，渚山生性善良、谦虚，和少年时代的朋友接触，说话总是礼貌客气。然而这样一来，就可能被人认为像长辈开导晚辈般亲切，更有甚者，在别有用心的人看来，渚山无意中使用的亲切的语言，很可能是出于不让年轻人对自己使用平辈交谈用的语言的顾虑吧。渚山经常把自己构思的小说梗概告诉别人，如果有人听了以后表示"这个有意思"，渚山就会高兴地说道："你觉得有意思吗？噢，你喜欢吗？怎么样？这个故事情节你来写，我可以把素材给你——我自己更想写的体验还有很多。"渚山想通过把素材送给别人的方法骄傲地炫耀自己的生活经验，这在圈子里面是出了名的。年轻的朋友揣摩渚山的心理，是想让别人写自己的生活，背地里经常绘声绘色地模仿渚山的样子加以嘲笑。

这个渚山与他——本文的主人公——在四五年前（不记得何时何地）就认识了。似乎渚山出于生活的需要要广交朋友，而且都是比他年轻的朋友。渚山时常到他这儿来，还对这个交情尚浅的新朋友开口要钱——说是有一个求职的机会，需要做准备，想买一件夏天的和服短外褂。当渚山得知他只是依靠父亲寄来的一点生活费维持日常开支，实在没有多余的金钱时，便向他恳求借几本书。他想说求职者穿得寒酸一点不是理所当然的吗？可是他从渚山无论如何不愿意穿着旧衣服去求职和借钱的心理状态中，感觉到其中另有隐情。他虽然觉得渚山的态度有些奇怪，但没有面露难色，还是答应了渚山的要求。后来渚山的求职当然没有成功。渚山穿着从旧货店淘来的罗纱和服短外褂到他家里来，捏着衣襟向他表示就是这一件，嘴里客气地说"承蒙关照"，表示感谢，然后说这次求职的单位实在糟糕，流露出当一家乡间小报的记者简直就是对自己的侮辱的口气。大约十天以后，他傍晚出去散步，遇上骤雨，慌忙跳上一辆电车，不意看见渚山也在车里。渚山把那件罗纱和服短外褂包在报纸里，小心翼翼地抱在怀里，说是"要是淋湿了，会变形的"。他越发觉得渚山很可爱，并且把"渚山的罗纱和服短外褂"提供给朋友们作为茶余饭后的谈资……后来，他扔下所有的朋友跑到乡下隐居起来，自然和渚山也好久没有见面。等到他重新回到城市以后，和朋友们没有继续联系，还是像在乡下那样关系疏远，但唯独和渚山恢复交往。这是因为渚山频繁地到他家里——没有阳光的家——来玩。在他居住乡下不到一年的时间里，渚山的生活状态似乎越发恶化。由于过去为体验人生经验而放浪形骸，不知道在什么地方传染上疾病，渚山现在头发脱落，脸色晦暗，头脑迟钝，心情烦躁，身体的某些部位总是不停地出毛病。他在这样的状态下勉强活着，其穷愁潦倒的生活不言自明。然而，现在的渚山不像两三年前一样，摆出一大堆理由向他伸手借点零花钱了。渚山看到他现在的生活，心里十分了然，开口借钱也白搭。如今渚山对他没有任何物质上的期待，却还是经常来玩，他认为这才是纯真的友谊！但同时也让他感到恐惧般的悲伤和沉重。渚山看到这个即将走上与自己相同的人生之路的晚辈，一定发现唯有他家的氛围适合自己，可以无所顾忌地放松舒坦地休息。于是，渚山一有机会就向他讲述自己的心情和生活状态，较之以前更加坦率。如今，渚山除了以此获得心灵的慰藉之外，别无他求。两三年前，他和渚山刚开始交往，有点瞧不起渚山，如今他内心深处仍然还有这样的心态。但是，渚山把他视为可以推心置腹的挚友。这让自尊心强烈的他多少有点难以承受。不过具有自尊心和前程远大的人之间究竟有什么关系呢？渚山也有自尊心！但是、但是，我和渚山应该还是有所不同的。他经常这样漠然地自信，同时继续他的思考：可是，无论如何，除了渚山，不管从什么意义上说，愿意看我一眼的朋友——见面时能多少谈论艺术和人生的人——不是一个也没有吗？不，也许有。可是大家都在忙自己的工作。而且这是最理所当然的事情。因此，我的朋友只有渚山一个人——不，还有一个人……

　　他的另一个朋友是一家旧书店的小伙计。一天，他想弄点小钱花，便将这个大约二十岁的小伙子带到家里来。这个小伙子瞧着顾客打算出售的一大堆不值钱的书籍和杂志，发现都是文学书籍，于是用稍高的价格——其实总额不过两元八十钱——收购下来，接着与他谈论艺术、人生、哲学等各种话题。小伙子问他知道柏格森①哲学吗？发现他对此一无所知时，小伙子便向他述柏格森哲学的概要。然而，他对小伙子的讲解还是一窍不通，而且不知是由于小伙子满嘴胡说八道还是自己的脑子丧失了理解力，他完全无法做出准确的判断，只好默默地听着小伙子洋洋得意的长篇大论。大概这个小伙子从他的听讲中获得了某种满足，大约一周后又来到他家里。此后有两三次趁着外出办事的机会，顺便到他家里来，满嘴都是泰戈尔、柏格森这样的鼎鼎大名，与第一次一样，给他造成一种奇异的压迫感。小伙子有时还带来一些读书界流行的书借给他，建议他看一看。

小伙子还说过这样的话："其实我也不愿意在旧书店当小伙计。我想写的东西多得很，可是只能瞒着老板偷看偷写。你看着吧，过一阵子，我会写出东西来的。不过，我非常羡慕你总是这样坐在桌子前面。"

他本能地热爱艺术，虽然很瞧不起渚山和旧书店的小伙计，可是只要谈论这方面的话题，他就显示出热心的态度，即使是

①柏格森（1859—1941），法国哲学家。生命哲学和非理性主义的主要代表。1921年获诺贝尔文学奖。著有《时间与意志》等。

临时冒出来的想法，也要表达自己的意见。可是，等他们离开以后，他莫名其妙地感到自尊心受伤害，心情寂寞而空虚。尽管如此，当他牵着平时一直拴着的狗出去散步时，忽然想到他们中的某一个人——谈论的话题不涉及金钱的只有渚山和旧书店的那个小伙计——会不会在这个时候上门找他呢？于是甚至想急着回家去。

艺术这东西非常不可思议。这样不可思议的东西在世间极为罕见。阐述艺术时，可以说找不到一个可以恰当比喻艺术的东西。姑且用人都会或轻或重为之困扰的不可思议的发烧病症——恋爱与艺术进行比较吧。这种炽热的感情也许正是二者相通相近的地方。然而，得不到爱情的年轻人往往会对恋人怀有憎恶的情感——尽管随着岁月的流逝，这种感情会变成怀念，但为了忘记对方，至少有一段时间，会多少带着或憎恶或怨恨乃至轻侮的感情，回望曾经追求的恋人。艺术家对待艺术的态度与此截然相反，为了追求艺术，无论在人世间处在什么样的困境，这一切都在为了艺术的名义下，或心甘情愿地接受，或以此自豪骄傲，他会说"自己为什么会爱上艺术呢"，却绝不会憎恨、轻蔑和疏远艺术本身，只是抱怨自己缺少天资或者不能适应时代。虽然会气馁消沉，但对艺术的热爱反而会越发执着深沉。这已经是一种信仰的皈依。也许达到了叫喊着"赏赐的是耶和华，收取的也是耶和华"①的约伯那种信仰的程度。在宗教上，如果不是笃信者大致不会这样；但在艺术领域，凡有志从事这门工作的人几乎都用不着经过什么努力，就自然而然地怀有这种心情。当然，有时候他们也觉得艺术很无聊。然而当他这么认为的时候，他的一切人生就都是无聊。抛弃艺术，人生则无路可走。这与信徒可能会一时怀疑神而跪拜恶魔的苦恼的情景不太一样——这些事，对不是一心迷恋看不透本质的艺术这个精灵的人、对不是天生具有艺术家本能的人，无论怎么说也听不明白。

父亲对于具有这种怪癖的儿子，采取的手段大致是同样的顺序：起先父子都没有将心中的不满表露出来，后来父亲出于父爱而败下阵来，叹息家门不幸，竟然有这么个古怪的儿子，但已经心灰意冷，任凭儿子为所欲为。他——本文的主人公——也是这样选择自己的道路。他的父亲在乡间小镇开了家个体诊所。他的祖父也是医生。这是几代行医的家庭，他作为长子，父亲想将他培养为医生。但是父亲观察他小时候的性格，改变了主意，父亲在北海道有一块开荒地，就想让他上农业大学，将来管理经营这块土地。他对这个长子寄予各种各样的希望，充满形形色色的幻想，然而儿子逐渐长大以后，也没有受到什么人的影响，自己沉迷于诗歌和小说，立志将来要搞文学。

①典出《圣经·约伯记》。

父亲对文学一无所知，只好同意儿子按照自己的愿望设计人生。他有一个理解他的父亲，要比一般的文学青年幸运得多。然而无论在何时、何种情况下，都不能忘记"父子"毕竟是"父子"。父亲同意他研究文学这门学问，要求他成为学者，绝不是认可他成为艺术家。但是，他丝毫没有考虑要成为学者——他坚信学者与艺术家根本就不是一回事，于是没有按照父亲的意愿进入公立学校，而是进了一所感觉能轻松毕业的私立学校。到了这种程度，父母心想既然如此，能毕业就行。可是，他又一次辜负了父母的期望，没过多久就辍学了。更有甚者，事先也不和家里商量，便找了个家里人连一次面都没见过的女人做老婆。父母亲对他的情况一无所知，不知道他在做什么事情，没有儿子任何这方面的消息。他父亲朋友的孩子在暑假回家探亲，他母亲听说谁家的孩子明年医科学校毕业、谁家孩子已经是大学二年级或者三年级，或者谁家孩子明年就要获得医学学士回乡工作，越听心里越不是滋味，觉得自己生了个游手好闲没出息的儿子，在丈夫面前都抬不起头——恰在这时，他远道回家要钱，母亲借这个机会苦口婆心地开导他。父亲对这些事不置一词，但是说的话更在理、更严厉。例如他用最刻薄的言语挖苦嘲讽道："你很早以前就说自己是个人主义者，而且一直都是这么做的。你什么时候作为家庭的成员为家里做过事？只是在自己需要的时候才回家来，有这个道理吗？

有个词叫'日西结合'，说的就是你这种人。西式的个人主义和日式的家庭观念按照自己的需要各取所需，相互结合。"父亲还说，"你根本没有和我认真商量就娶了媳妇。当时我还问你打算怎么供养妻子，你一个字也没有回答。我以为你有你的考虑。我认为抚养尚未独立、没有经济能力的孩子是父亲的义务，所以才给你寄钱。但是，我没有义务抚养还不能糊口的儿子自作主张娶的媳妇。我这么说，并不是想让别人家的女儿饿肚皮。所以我每个月给你们寄钱，诚然，我寄的钱只能勉强维持你们两口子的生活，也许不能让你们过上像样的日子。可是，月薪只有二十五日元的警察不是照样养活一家人吗？虽然我寄给你的钱不算多，但总比警察的薪水要多吧。谁过日子都是辛苦流汗。这是人的生活常理。你好逸恶劳，干过什么正儿八经的工作吗？即便你现在有事可干，我对什么艺术啊文学啊一窍不通，所以也不知道你干的事是否有价值。要是你在学校的话，我可以根据你的学业成绩或者升级知道你在进步；或者你从事别的工作，获得社会认可，届时我也有办法通过社会有关人士相信你的才华。我没有那么多钱可以让你们随心所欲地挥霍，除了你之外，我还有两个儿子。你这个人靠不住，给你寄的学费都不知道花在什么地方，如果对你有求必应，无限制地满足你的要求，如果下面的两个弟弟很有前途，到那时我不是不能尽我所能吗？如果你依靠自己的才华选择这条路，那不该心甘情愿地耐得住贫困吗？如果无法以文学立身，那就当个电车司机或警察什么的，你能干的活儿不是多得很吗？是啊，你干那样的工作，无论对家庭还是对你的名誉都不光彩。可是你既然不傻也不疯，却无所事事，而我们又没有严加督促，这比你干有失身份的工作更加可耻，在世人面前都羞愧难当。"父亲对他说了这一番话，然后朝坐在一旁的母亲说道："这件事，我也要对你说几句话，你不要觉得在世人面前丢面子，就背着我偷偷给他钱。有一句话叫'母牛舐犊'，说的就是你这样的人。不论发生什么事情，就像老牛舔小牛一样疼爱——根本不知道除此之外还有其他疼爱的方法。"父亲具有很高的修养，思路清晰，所以说的话句句在理，无懈可击。他继续说道："上学一般到二十五岁毕业，所以在你二十五岁之前，我就当你在上学，每个月照常给你寄钱。但是，二十五岁以后就不要向我伸手要钱了。我也不会依靠你……我对你的意识薄弱、行动乏力十分焦急。《论语》中有'今女画'这句话，就是自己认识到力量的局限性。看来孔子的弟子里也有像你这样的人。你需要的是大勇猛心。"他母亲有一次也说道："这一切都是你咎由自取……"

今年正月，他已经满二十五岁了。

他的妻子和岳母觉得奇怪：家里如今穷愁潦倒，他怎么不向父亲要钱呢？有时候话里话外会流露出这样的疑问。可是，他知道现在已经没有向父母开口要钱的理由了……不能仅仅凭借单纯的父子关系就随时可以要钱。而且他明白，父亲下决心要让他知道跌入一贫如洗境地的滋味，现在绝不会给自己钱的。他自己没有多少存款，但利用父母对自己无止尽的溺爱啃老，他觉得这个想法既不合情理，也是严重的不道德。当父亲对他的才华还有所期待的时候，他还可以将父亲视为艺术上的保护人加以利用，但如今父亲已经完全不认可他的才华，甚至连他自己也早不相信自己的才华。因此，只要不是骗子，谁还会开出一张空头支票去伸手借钱呢？

香烟的烟气和扔在烟灰缸里的烟蒂冒出来的残烟，熏得整个房间烟雾迷蒙，但要是打开那一扇窗户，寒风就会灌进来。他蹲在长方形火盆旁边，忍受着呛人的烟气，同时感觉自己的脑子也和这间屋子一样充满朦朦胧胧的冷清和凄凉。他心中五味杂陈：自怜；自蔑；对某件事情的懊悔——不知道是什么事，倘若深究的话，连这件事产生的缘由也闹不清楚；对什么人进行反抗的冲动；与其反抗，还不如对一切加以嘲笑的想法；可是仅仅如此感觉终究不够解气的焦躁；深刻体会到自己这种心态只有可悲的人才会产生……这各种各样的心情，都是死气沉沉的消极压抑的东西——打个比方，就像黄昏街道的景物那样黑黝黝的沉重——在心中翻江倒海般滚动。面对这一切，他只是无动于衷地凝视着。他的精神如此衰弱，总是自己给自己的精神状态号脉诊病。他无暇考虑别人的事情，甚至包括妻子的事情。可是，有时候脑子一热，心想自己不一定真的就没有一点才华，要不试着写一点小东西吧，可是写出来的东西与现实生活毫无关联，故事情节荒唐无稽。例如，有人把一个体重极轻的擅长舞蹈的少女献给国王，因为少女的体重太轻，国王担心她夜间睡觉的时候会飞走，便用铁链把她的手脚紧紧锁住，这样还不放心，每天傍晚把皇宫庭园里当天绽开的花朵全部采摘下来，让花香使少女房间的空气变得沉重，然后……还有这样的故事情节：月夜散步，不意发现一个山洞，乘兴而入，洞里比洞外更加明亮，里面有一个中国少女，在不停地吃东西。起先以为她吃的是莲子，但仔细一看，原来是蚕茧。她的手指灵巧地把蚕茧掰成两半，捏出里面的蚕蛹吃……这种毫无意义的东西，他写了两三张纸，自己也觉得不满意，这写的是什么玩意儿啊，便将稿纸撕掉，揉成一团。他厌恶自己的脑子里竟存在着这种极其空虚的想象，哪怕只有十分钟觉得有趣，也对此深感羞耻。贫困、爱情以及各种世态人情，乃至思想，对自己产生的影响为什么就不如别人那样强烈深刻呢？这是因为生活本身不好。那又是怎么不好呢？可是对此束手无策……因为缺少大勇猛心。接着，他又重新开始思考刚才各种各样的问题，考虑的结果又是如何呢？他在心中拼命叫喊，有种难以言喻的无可奈何的心态。他感觉到，在他思考各种问题的时候，到处闪动着江森渚山的影子。

　　每天，他总要把这些毫无结果的形形色色的心思捋一遍，或者像钻进迷宫里一样纠缠不清地思索其中的一个念头。已是夜深人静，他的脑子极度疲惫不堪的时候，耳朵里传来落在阒寂无人的陋巷寒冻的地上的清脆木屐声。拴在屋后小院子里的两条狗似乎也听见了脚步声，脖子上的铁链发出哗啦哗啦声，温柔地短促地吠叫着，哼哧哼哧打着响鼻，而这时听见屋外断断续续笨拙的口哨声。接着，大门咣的一声打开，肯定能听到夹在"雷欧啊！弗拉德！弗拉德！"的叫喊中的关门声。

　　他的妻子回来了。

　　寒风吹得脸颊红扑扑，这个性格爽朗的年轻女人轻快地走到长方形火盆旁，蹲下来，戴着黑手套的双手伸出去烤火，她并没有说外面有多冷，而是叽叽喳喳快嘴快舌地谈起今天的所见所闻——在电车、在后台看到的一两件无聊的事情，说完自己哈哈笑起来，然后才把垂落在榻榻米上的白色长围巾和手套等摘下来，伸出一只手拉开身后的拉门放进去，再拎着沸腾的铜壶走进厨房。她收拾厨房的同时，还手脚麻利地把推到起居室角落的餐桌上的残羹剩饭收拾干净，把脏兮兮的碗筷拿进厨房清洗完毕，再拿到起居室里。她问丈夫"狗吃了吗"，如果丈夫回答说"还没有"，她就拿着狗粮到院子喂狗，再回到屋子里和丈夫一起吃夜宵。吃过夜宵，她又要洗碗，并且准备明天的早餐。他自己比谁都懒，还缩手缩脚地怕冷，看着妻子一天到晚如此为生活奔波，回到家里还毫无怨言勤快利索地干家务活，这让他感到惊讶，不免对她产生怜爱之心。但是，他发牢骚讲怪话可以脱口而出，讲大道理埋怨妻子也头头是道，就是这种表达爱意的甜言蜜语说不出口。就他的性格而言，勉为其难地表达爱意，会感觉不愉快，所以他从来没有对妻子说一句体恤怜爱的话。更有甚者，他对这个喜欢唠叨的话匣子夫人，多是板着脸，一副冷若冰霜的表情，左耳进右耳出。可是话说回来，他有时候比妻子更加喋喋不休，谈笑风生。但不管丈夫是冷是热，她都满不在乎，从不往心里去。这三年的同居生活中，她已经自然而然地接受了丈夫这种忽冷忽热的脾性，似乎觉得丈夫往往是无缘无故地不高兴，没有什么原因。

　　尽管表面上看不出他的不高兴出于什么原因，可是他深藏着一种连自己也无法解释的奇异的忧郁。当他面对深夜回家后依然精力充沛的妻子的时候；当他每天早晨因细微的声音醒来，睡意蒙眬地眯着眼睛，看见妻子尽量留心不吵醒丈夫而轻手轻脚地起床、梳洗完毕后匆匆出门的样子；当他夜里睡不着觉看着身边酣然熟睡的妻子的时候，这种忧郁会突然袭上心头。这种心情最接近他经历过的各种情感中的嫉妒。这不是一般的嫉妒——他从来没有对妻子有过这样的感觉。然而，当这种类似嫉妒的情感日渐增强的时候，他好像慢慢明白了其中的原因。他发现还真的是嫉妒。这是无所事事的人、不知干什么好的人、一无所能的人看到有工作的人愉快而积极地工作时所产生的嫉妒——换言之，不就是没有生活的人对有生活的人的嫉妒吗？他对自己这样说道：

"我这样无所事事，并非因为觉得这样愉快，而是因为我无事可做。没有让我做起来感觉愉快的事情。不愉快也无所谓，哪怕让我勉强能接受的职业也一个都没有。我不是也好几次想当公司职员或者新闻记者或者其他什么的念头吗……"其实，他也时常和前辈、朋友等商量此事，但是没有一个人把他当回事。即使有人当真，说话直率的人会反问道："不行啊，你会做什么呢？"被人这么一说，他觉得自己果真什么也不行。有的人说话比较委婉，婉拒道："其实你就是一个天生的艺术家……"被对方这么一说，他又觉得自己的确是一个天生的艺术家——他躺在因工作劳累而舒畅酣睡的令人妒羡的妻子身边，自己是不死不活又不睡不醒，犹如"具有重量和体积的阴影"，虚无缥缈地思考着，进行迟缓的自我反思。

"因此，我近来一直迫切地渴望找一份工作，什么都行。我打算什么都试一试，记得好像是尼采还是什么人说过，工作是生活的脊梁。这么说，我现在就像海蜇一样。我就是想有一个工作，什么都可以，改变自己的生活方式，让它适应这个职业。哪怕这工作与艺术毫不相干，例如银行职员——对了，不如说这样更好，早上九点上班，傍晚四点回家，这样有规律的生活挺好的。我在一个完全陌生的行业努力工作，我的生活适应新的环境，变得非常和谐。如果最后认为写小说不过是荒唐可笑的幻想，这样的结果也未尝不好。就是说，我是经过筛选，从艺术家中淘汰出来的。既然要被淘汰，那就在各种各样的筛子中挑选筛眼大的，尽快被筛落下来，这样结果更好。总之，照现在这个样子，生活过于窒息，身心很快就会崩溃的……"

一天，江森渚山来访，他抓住这个机会，仿佛向渚山恳求工作似的急切热烈地诉说自己的心情。当他说出"身心很快就会崩溃的"这句话时，忽然意识到听众是渚山。自己把心里话一股脑儿告诉对方，尽管渚山性格温和，听完后也不会记在心上，只是当耳边风，但他觉得还是欠妥。同时，竟然对渚山如此认真地倾吐忧郁的真实心情，他对自己的做法十分生气。于是，他改变刚才推心置腹交谈的口气，故意用轻佻自嘲的语调说道：

"话虽这么说，可是我到哪里，都不会有人雇用我。不过呢，还真有这么一个地方……"

一直爱听不听，有口无心地随声附和的渚山忽然好奇地问道："哦，那又是什么地方？"

"这个嘛，就是在新剧座帮忙做背景。呵呵，我老婆进新剧座那时候，就顺便询问剧团团长大川秋帆，有没有我可以干的工作。秋帆好像知道我爱好绘画，就说过来协助搞背景怎么样。是啊，比起写破话剧的剧本，搞背景不需要什么才华。活儿比较轻松，也不必每天都去，跟闹着玩似的，挣点零花钱应该没问题的。秋帆这么一说，连老婆都动心了，劝我去。可是当时啊，我想不开，觉得老婆是跑龙套的下层演员，老公要是在剧团搞背景，两口子都成为大川秋帆的手下，我不愿意。可是，现在的问题就不是那么简单了——没错，零花钱当然还是需要，更严重的是每天这样待在家里无所事事，得过且过，无聊得实在不堪忍受。在郊外的小剧场画布景，开始适应这个环境的时候，也许我的生活不但不会改善，反而会更加恶化——不，不会比现在更坏了，最终也许和现在的生活状态差不多，我觉得这倒没什么。我想要的是改善生活，如果不可能的话，至少有所改变也可以。前些日子，我把愿意画舞台背景的想法告诉老婆，让她转告秋帆。不料这一次她说别干这种傻事，一口把我回绝了。"

"在你太太看来，你一旦显示出认真的态度，肯定不想让你做。我看啊，你还是写点东西吧。怎么样？"渚山这样开了头，接着说道，"不过，进入社会去看看也是有好处的。"——

渚山有渚山的想法，渚山劝他去，是将这工作视为必须受到尊重的新的人生体验。但是，他并没有将去小剧场画布景视为既成事实进行劝说，只是接过话头随声附和而已。当渚山再次开口的时候，他很快就明白了，渚山是趁此机会向他介绍尚未动笔的小说中的某个情节。

　　"我构思了一个怀才不遇的艺术家的故事……"渚山说的是一个青年画家在浅草绘制全景立体画的故事。炎热的盛夏午后，一个画家在搭得很高的脚手架上工作，大概由于强烈的阳光、蒸人的酷热以及油漆的气味，画家突然一阵晕眩，坠落下来，昏厥过去，身子无法动弹。于是，别的画家爬上脚手架继续工作。这第二个画家无意中发现了前一个画家总是喜欢在其他人都不愿涉足的脚手架高处绘画的原因，这同时也导致这个画家踩空失足掉下去——那就是从高高的脚手架上看下去，近处有一家暗娼窟的一间屋子的窗户敞开着，里面的光景一览无余。渚山叙述完这个情节后，如往常一样，开始对自己的作品——还一字未写——加以注释。"其实啊，这个故事情节也很无聊，不过是十几年的构思，当然也多少受到现实中类似事情的启发。噢，当时我很关注左拉的作品。就是那什么……自然主义与有趣的故事情节相结合的风格。那时我专门在浅草搜集题材，计划写一部名叫《浅草》的小说。由相对独立的短篇构成，十二三篇短篇集结成册，就成为长篇。哦，对了，我三四个月前发表在《殉教》上的小说《阿米》，你看了吗？说起来也真不好意思，那也是我的《浅草》系列中的一篇。哎，还写了那么令人羞耻的事……"

某同人杂志出于情面采用的这篇《阿米》似乎就是渚山亲身经历的记录。于是，他对渚山这个笨头笨脑的家伙过去都干了些什么多少有点兴趣，想听听这篇《阿米》的故事梗概。可是，刚才渚山问他"你看了吗"的时候，他担心渚山再说出另一篇小说的内容，便模棱两可、含含糊糊地做出听起来像"看过"的回答。因此，当渚山肯定《阿米》就是自己的真实写照，而且表示这是一部很有自信的作品，又开始用那种显得谦虚的语调喋喋不休长篇大论的时候，他为了不至于说话出差错，只好不痛不痒地敷衍应酬。

他表面上装作听渚山说话的样子，其实心里在想自己的事，可是渚山也许没有什么大的才能，但不是胸无点墨的笨蛋。这世上不学无术之徒利用一时的潮流顺势而上，在别人面前甚至自己一人的时候都装出一副作家的样子，这样的例子不是多得很吗？他心里想着这些事，透过还没有点灯的昏暗暮色，仔细地端详着在暖炉内索然无味相对的渚山这个年长的朋友——他那没有任何特色的、已经不再年轻的扁平脸——在这短短的几分钟里，他竟然忘记了自己（？）的事情。

天气暖如春天，这给了他勇气，甚至想要是连续十天都是这样的好天气该多好！然而，这温暖的日子本来就不合季节，他决心趁这个晴天出门。可是一旦决定出门，又要穿外套脱外套看是否合适，种种琐事让他拿不定主意。这件旧外套已经穿了五年多，衣领都是污垢，衣襟也已经开裂。其实，今天这样的暖晴不穿外套也没什么，可如果脱下外套，唯一一件像样的铭仙绸和服也皱皱巴巴的，短外褂的衣领脏兮兮的。看到这些，他外出的心情都遭受严重的挫折。他从窗口望着暖日下如阳春般的淡紫色天空，忽然想起十五年前因为学生帽旧了求母亲买新的而遭到父亲严厉训斥的往事。

"士志于道而耻恶衣恶食者未足与议也。"①——这句话是当年父亲教给他的。话本身并没有错，但如果穿戴过于寒酸，连心中都觉得自卑自贱，走路也是缩头缩脖，不能挺起腰杆。而且，他的人生之道——立志于艺术之道的自尊自豪也逐渐开始丧失。今天，他打算作为一名求职者出门。对，"渚山的夏季和服短外褂"。就是这样。如果穿着短外褂和脱了短外褂都一样寒碜，只能认为穿不穿都无所谓。

他拿着短外套出门——外套的里子比面子稍好一点，如果拿的时候注意点方式，可以把破的地方和脏的地方隐藏起来。

可是，怎么向大川秋帆开口呢？虽然并非未曾谋面的陌生人，却也不到"认识"的程度，而且已经有五六年没有见面了。

①典出《论语》。

最近，在话剧领域开始出现新潮流苗头的时候，富有冒险投机心理的秋帆看准时机，抓住机会，加上他的情人——一位才貌双全的女演员的名声对观众的号召力，秋帆大获成功，成为暴发户。于是，秋帆带领剧团的全体演员大张旗鼓地进军各地的咖啡馆演出，引起人们的关注。秋帆和他可以说是当时的"咖啡之友"吧——那时他还是学生，这所学费昂贵的私立大学的文科生大多是不好好读书的懒汉，他们只是把学校作为聚集的场所，几乎每天从早到晚都泡在咖啡馆里。有钱的时候都单独行动；没钱的时候，往往三五成群地聚在咖啡馆里，凑钱喝一杯，高谈阔论，吹牛胡侃，几个小时过去，侃到精疲力尽，悲伤的情绪就会涌上心头。秋帆的剧场自不待言，就是所谓叫"书生剧"的新剧①，只要有演出，不管哪个剧场，都是不买票强行长驱直入。其实他们根本就不是为了看戏，只是在剧场的走廊上晃来晃去，显示出这是自己地盘的霸气。当年的哥们儿中，有的人早就成为知名作家，活跃于文坛，有的人出国去了，最不济的也当上教师，似乎就他一个人一事无成，被社会抛弃，逐渐和谁也不来往——当初他也是这群人中的一员，认识秋帆，见面互相点点头，打声招呼，有时候恰好坐在同一张桌子旁，非

---

①明治 20 年代，民权活动家为宣传民权思想而创作演出的戏剧。该剧种由学生、民权运动者发起创作，故称"书生剧"或"壮士剧"。其吸收西方现代戏剧要素，以现实主义手法反映现代生活。相对十能、狂言等旧剧，故称新剧。

常随意地聊些无关紧要的闲话。他和秋帆就是这样普通的关系，只是自己恰好娶了个新剧演员的妻子，而这个妻子又恰巧受雇于秋帆的剧团。但这样似乎接续上了自己和秋帆的关系，现在虽然也有别的活儿可以干，却去求秋帆给自己一份工作，在他的剧团里帮忙画布景。这对于虚荣心极强的他来说，心情当然不愉快。妻子不愿意过问这件事，所以他只好自己登门。不过，妻子不肯帮忙，其实有她的道理。只要秋帆留有情面，不让他太难堪就可以了……

他走路、坐电车都在想着这些事情，想着当年的那些朋友，自然而然地想到当年与妻子认识恋爱的情景……快到新剧座的时候，心想虽说有事，却要到妻子也在那里的后台，让他感觉到一种说不出的胆怯畏缩。

他没有把打算今天去找秋帆的想法告诉妻子，妻子见到他，一定十分惊愕。归根结底，妻子还是不了解他为改变生活现状，甚至不惜从事绘制舞台背景的工作的迫切心情。不仅是她，大概所有人都不了解。所有人都和他的妻子一样，认为这不过是他心血来潮一时兴起罢了。如此说来，的确有一半是出于好奇心。然而，他这次的确是一本正经。对于他这样的人来说，心血来潮和一本正经总是复杂地相互纠缠在一起，难解难分。这难道不是浪漫主义者共同的性格吗？作为浪漫主义者，他总是相信自己一本正经的一面，而世人总是盯着他心血来潮的一

148

面——他还是老习惯，如同作家思考小说的主人公那样，一边想着自己的事情，一边盯着每走一步都要尘土飞扬的脚下，踩着后台的楼梯走上二楼。

拉开门，里面亮得晃眼。因为他刚才一路走来的地方都比较昏暗，而且从整面窗户照进来的阳光倾泻在这个房间的六叠榻榻米上，光线又从榻榻米上反射到并排在窗下的四面镜子上，其中一面镜子的反光在他开门的时候直接刺进他的眼睛。他眨了眨眼睛，低下目光，问道：

"濑川瑠璃子在吗？"

几个女人一直在聊天，没注意有人进来，听他一说话，都回头看着他。其中一个看上去年龄最大、最无姿色的女人问道："你是谁？"她声音嘶哑，像是倒嗓子。

他略显不悦地回答：

"她是我妻子。"

三个女人毫无顾忌地盯着他看，其中一个人指着她旁边的一块艳丽的薄毛呢坐垫，说这是瑠璃子的，让他坐下。于是，躺在上面的一个男人坐起来，把坐垫挪给他，然后起身开门出去。大概是去找瑠璃子的吧。他不擅长和人交往，面对三个第一次见面的陌生人，不知如何是好，有点尴尬，只好抽起烟来，同时环视这凌乱的房间——女人脱下来的红红绿绿的衣服扔得到处都是，挂在墙上的，团成一团随手叠放　旁的，杂乱不堪。

女人们见他一副冷冰冰的样子，也都有点拘谨地停止聊天，各自看着镜子，在已经化好妆的脸上补妆。

"这房间阳光充足啊。"

他突然冒出一句——这倒不是恭维话，而是因为他很久没有这样坐在明媚的阳光里，情不自禁地脱口而出。

"嗯。今天好像挺热的。"

回答他的是刚才那个年长的女人，她把刚才扔在一旁的香烟捡起来，伸手在他面前的火盆上点火。不过，这种有一句没一句的对话没有继续下去，因为这时瑠璃子从敞开的房门走进来。她梳着银杏叶发型，眼角用红颜色勾画得很长，浴衣外披着一件后台的服装。他看着妻子这副不正经女人的打扮，目光立即严厉起来。妻子没有意识到，而是对他的猝然而来感到惊讶。

她一边关门一边问道：

"有什么事？"

"没什么。"

"来玩的？"

"不是……我怎么会来玩呢？"

三个女人觉得这两口子的谈话有点滑稽，便毫不掩饰地笑起来。他和妻子也无奈地干笑着，接着他说道：

"大川君在吗？我想见见他。其实也没什么事……是这样，我想亲自和他谈谈那件事。"

"是嘛?"

她没有继续说下去,然后说要把大川的房间告诉他,带他出了门。两人站在走廊上,她坚持认为这件事现在去求秋帆,完全是白费口舌,根本没戏。两人争执两三句以后,她用手指了指秋帆的房间,接着说自己要去穿衣服,转身离去。

他在妻子指点的那扇房门上轻轻敲了三下,最后一下稍微用力。里面"噢"了一声,听声音的确和几年前大川秋帆的声音一样。有人回答,无人开门,他只好自己开门进去。他一见秋帆的脸色,立即觉得也许今天不该来。秋帆冰冷的目光似乎怪罪他擅自来访。当秋帆看清楚这个不速之客是他以后,几乎是充满敌意的凶狠目光仍然没有缓和下来,只是低眉看着正在烤手的桐木方形火盆,然后拿起火筷子无聊地拨弄炭灰。

"大川先生,是我啊。"

他心想莫不是秋帆把自己忘记了,便做了自我介绍。

"啊,你来了。好哇。"

秋帆的回答显得很生硬,他朝火盆对过的坐垫扬了扬脸,示意让他坐下。难道这就是阔别多年的重逢叙旧?他觉得秋帆显得有点不耐烦,表情中还带着几分茫然若失,但又极力掩饰自己的心情。秋帆对犹豫不决、欲言又止的他说道:

"您有什么事吗?"

一听此言，他越发困惑——他本想，自己和秋帆算是老相识，说话应该不会见外，可是这种设想完全落空。更令人无法理解的是，秋帆对待他的态度如同两条陌生的狗在路上相遇。他忽然心想这会不会是秋帆情人的化妆间，两人正在密谈的时候自己闯了进来。这个房间里摆放有各种各样的器材，十分齐全，同样是后台化妆室，这里的气氛与刚才所在的那一间大不相同。这间屋子挂着厚厚的窗帘，显得沉静、稳重、昏暗。可是，要说房门，也就刚才自己进来的那一扇，没有别的门，而且房间里也没有其他人的迹象。于是，他一转念，也许秋帆对手下小演员的丈夫竟然摆出与自己平起平坐的架势闯到这里深感不快。想到这里，他用一种含带自嘲的语调对眼前这个身穿两件结城和服的家伙说道：

"内人承蒙关照，特地前来致谢……"

"噢，大驾光临，实不敢当……"

秋帆嘴上客套应酬，表情并没有出现他想通过嘲讽所期望的变化。

"另外……"他继续说道，"我是有事来求您的。不是别的……听说前些日子瑠璃子求您的时候，您说可以让我来这里帮忙画舞台背景……"

"哦，是这件事啊？是啊，这个嘛……"秋帆显得有点惊慌，急忙打断他的话，可是又张口结舌说不出话来，过了一会儿，他又急切地说道：

"这件事你来一封信就可以……哦，不，过一个月看情况再商量……"

不知道秋帆葫芦里卖的什么药，他一边说一边站起来，头探出门外，大声叫着什么人："田中！田中！"也不等田中回话，又大叫："虎公！虎公！虎公不在吗？"这时，一个年轻人——大概是秋帆手下的"书生"演员点头哈腰地来到跟前，秋帆对那人说："你现在马上……哦，算了，还是我现在亲自去吧。"这句话听起来像是秋帆讨厌来客、要赶他回去的意思。果然，秋帆对他说现在比较忙，把他从房间里赶了出去。

他回到刚才那间女演员化妆间，打算取放在那里的外套，然后回家。房间里只有一个年轻的女演员，身穿小姐角色的戏装，无精打采地坐着，那表情如同一个在非常喧哗吵闹的环境中忽然感觉孤独寂寞的女子。她一见他进来，就告诉他瑠璃子正在演出，并转告瑠璃子的话说，让他稍微等一会儿，她演出后会到这里来，和他一起吃过便当后再回去。

他听完后，语气粗鲁地对女演员说：

"请你告诉她，让她马上回去！"

在他即将走下昏暗的楼梯时，脚下突然明亮起来。头顶上的电灯亮了——他以为还早呢，原来已经到了点灯的时刻。

进入二月以后，渚山来得更加频繁了。渚山在与人交往上还是很心细的，顾虑到去别人家里太频繁，会让人家厌烦，以前一般都是十天或者一周来一次。但最近隔天就来，而且屁股沉，聊个没完。渚山有点小心眼，自己这样三天两头去别人家里，感觉很难为情，于是对他说自己是去附近的私立图书馆查找资料，顺便到这儿来的。但问渚山查找什么资料，他回答得含含糊糊，吞吞吐吐——给人一种再追问下去就不好的印象，所以感觉其实渚山并没有去图书馆。但不管怎么说，渚山几乎每天都泡在他家里。两个人的性格本来就不是很投缘，因此往往弄到无话可说，默然相对。结果他借口遛狗，把渚山留下来看家，自己牵着狗出去。可是，当渚山表示要回去的时候，他又极力挽留。渚山也就客随主便，久坐不动。

　　一天，渚山照例傍晚来访，与往常一样与他隔着暖炉相对而坐，从怀里掏出一个东西，说道"这个……"，接着打开纸包，一边递给他一边说："……不是什么好东西，请你交给你太太。我想她对这种东西感兴趣才拿来的。这个嘛，叫鸽笛。好像古代就有的一种玩具。对，就叫弘前鸽笛。这种原始朴素的形状，我觉得很雅致。这是我在东京买的。在神田逛一家玩具店的时候看见的，觉得有趣，买了两个，一大一小——你觉得一共多少钱？大的六钱，这个四钱。前几天去岩田先生家里，把大的那个送给他家女儿了。这小的，正因为小，做工拙，藏巧于拙，有意思。你吹吹看，音色别有一番情趣……"

他拿起渚山所谓的雅致的礼物——小鸟形状的泥做的笛子吹起来。

"怎么样？有意思吧。"渚山说，"这声音具有一种梦幻般的感觉——就这鸽笛，还有一则故事呢。"

"哦？是古代民间传说吗？"

"不是不是，可以说是我生活上的故事。"

渚山便开始讲述：这鸽笛是一月底下雪那天晚上买的。买了以后回到住处，夜已经深了。渚山的住处——他历来对别人的生活状态不感兴趣，而且渚山经常搬家，居无定所，所以从来没有问过他生活如何、家住哪里。渚山为了故事的脉络清晰，先简要介绍了住处的情况。原来渚山的家和他的家一样，也是位于山坡的中段位置，而且和他的家一样，没有太阳。尤其是以三日元租赁的那一间四叠半的房间，更是终日不见一缕阳光。原本用来采光的大窗户却是朝着西北方向，打开窗户，五六间外一道山崖矗立。渚山的隔壁是一间六叠的房间，两室中间只隔着一扇拉门，以月租五日元租给兵工厂的一个年轻职工。时常有个也是职工模样的女人来这房间里玩，很早以前开始就常在这里过夜。

渚山觉得好玩，买了鸽笛以后，在旧书店街一带溜达一会儿。随着夜深，雪越下越大，他感觉寒冷刺骨，便走进附近的小酒馆喝了一杯。从这里回家，坐电车有点近，走路又有点远，渚山乘着酒劲，走路回家。因为囊中羞涩，喝得不够尽兴，只是微醉。回到住处的时候醉意全消。酒醒以后，反而睡不着觉——而且，邻居的动静感觉好像是情妇过来了。渚山有点无聊，忽然想吹吹刚买的鸽笛，拿起来先是轻轻吹了两三声，然后继续吹起来。呜呜的声音飘进寂静的深夜。

这时，从隔壁传来两人的说话声。

"哎哟，好像来了什么东西……"

"什么啊？"

"刚才好像是哭泣的声音吧？"

"你瞎说。"

渚山心想，果然是那个女人来了，他们大概还没睡。渚山放下鸽笛，没有继续吹。隔壁那个男的说"你瞎说"，但感觉两个人似乎都竖起耳朵倾听外面的动静。渚山心里一动，再吹几声，这一次故意吹得幽细呜咽。

呜呜……

女的说："你听！就是这声音！"

"嗯——这是什么声音？"

呜……呜……呜……渚山继续吹着。

女的说："真怪了。"

"这是什么声音啊？好像就在屋檐下。"

"哎呀，我害怕。"

男的说一句"什么玩意儿"，像是爬起来，接着传来开窗的声音。

"哦，雪积得好厚。"男的声音稍微大了点，然后传来吱嘎吱嘎的声音，像是登上窗台，"什么啊，什么也没有。"

渚山忍着笑，默不作声，一会儿，料想隔壁的男人差不多钻进被窝的时候，他又开始吹鸽笛，呜、呜、呜……呜、呜、呜……隔壁那一对男女似乎纳闷了好一阵子。

渚山说："深更半夜的，这笛声听起来好像是躲在阴暗的角落里发出幽怨凄凉的声音，怪瘆人的。"

渚山重新拿起鸽笛吹起来，讲完了发生在自己身上的故事。

他默默地听完渚山的讲述，感觉存在于渚山心底的不幸和孤独通过这淡淡的简短故事具体地表现出来。这样的故事本来就适合用平淡的语调若无其事地讲述。也许渚山本人只是感觉到表面的浅薄可笑。然而，他听到从渚山的嘴里讲出来的时候，情不自禁地感觉到潜藏于深处的复杂的阴影。一想到渚山故意装作没有意识到这阴影的复杂心态，他觉得这雪夜鸽笛的故事就是自己阅读的一篇幽默的——强颜欢笑的人生背后那不为人知的幽默——小笑话。

渚山今年三十五六岁，依然单身。年轻时的朋友时常揶揄他，劝他娶妻成家，但是渚山郑重其事地回答说打算终身不娶。

别人问什么原因，渚山只是说："现在不能说，等我死了以后，你们自然就明白。"他想起来，一个朋友听到渚山这句话后，在背后说："你都死了，谁还对你终身不娶感兴趣啊。"不过，这个人说这话并没有恶意。他想象渚山偷听隔壁男女的私房话，深更半夜吹鸽笛的样子和心情，不由得说道：

"嗯，这个有意思。这个的确可以写出来。"

渚山听他这么一说，嘴角浮现出温和的微笑。但是当他与渚山目光相遇时，发现对方的目光刹那间变得愠怒，嘴角的微笑与目光的愠怒迅速融合在一起，化作满脸不快的苦笑。渚山并没有说出平时经常挂在嘴边的那句"怎么样？有意思吗？我可以把素材给你"，不快的苦笑在脸上荡了一会儿，没有回答。他看着渚山的脸色，才意识到自己说了令人伤心的话。于是，他表示歉意地说道：

"我们俩，都写不了小说，倒像是成了小说中的人。"

接着，他把前些日子去大川秋帆剧场后台的事详细告诉渚山。渚山倒像是听得津津有味，但听到秋帆带搭不理的态度后，渚山似乎也有同感，用阅历老练的前辈的语气说道：

"这种人多得是。"

"是吧。"他说，"我当时就觉得秋帆这家伙是小人得志，不可一世。可是，后来听妻子说，秋帆这一阵子心里很烦，经常随手摔打后台的那些东西——听说秋帆的情人好像在外面又找了个男的。"

"唔，秋帆的情人还是那个橘朱雀吧？"

"是的……结果也没给我好脸色看。"

渚山和他一起像泄了气的皮球似的干笑起来——仿佛表示所谓的人生就是这种声音干瘪的干笑，到头来不过如此。

一天夜里，渚山很晚来访。他起先以为是妻子回来了，最近妻子回家很晚，这个钟点又觉得早了点，原来是渚山——大概已经过了十点半。渚山还从来没有这么晚来过，可是那天晚上好像也没有什么事。渚山说好久没见到你太太了，想见见，所以这么晚才过来，问道"还没回来吗"，便坐下来。看渚山这个样子，他感觉渚山的"访问病"最近越发厉害了。

所谓"访问病"并非是一种生理疾病，换言之，只是神经衰弱的一种状态。以前，他、渚山以及朋友之间流行一种奇特的方法，就是说，当一个人走到穷途末路，陷入极度孤独，失去解脱这种孤独的所有手段，就非常想和朋友见面。即使去朋友家里也未必有愉快的话题，可还是在心里把今天想见面的朋友捋一遍，去了朋友家里，还是心乱如麻，稳定不下来，于是自暴自弃，一天里索性把所有朋友的家不管远近统统转一圈。一个人陷入这种病态心理，便传染给原本在精神生活并不安定的朋友。得了这种"访问病"的 A 去 B 家里访问，D 被传染，于是两个人一起去 C 家访问。接着，ABC 三个人的心理病情互相影响加重，一起结伴去远处的 D 家访问……这样，圈子里的朋友的生活终于相互腐蚀。朋友之间总是有不止一个病情或轻或重的患者不停地访问。当他们意识到这样做毁坏了自己和别人的生活时，一边急着想一个人待着，一边却仍然悲哀地在街道游荡奔波，就是为了能看见朋友那张总是无聊厌烦的脸——在一个小时以后与自己一样无缘无故忧郁起来的脸……这种状态如瘟疫一样持续一段时间，其结果便是生活走进死胡同，于是有的人回乡当小学教员，有的人去"满洲"闯荡，猖獗一时的瘟疫势头减弱。这种气息奄奄的群聚心态在圈内朋友风流云散的时候才逐渐消失。当时他已经娶妻，不大出门，但是他家每天至少有两组"访问病患者"闯进来。大家都在他家里碰面，俨然成为"访问病患者俱乐部"。他实在无法承受这种骚扰，这也是他搬到乡下居住的一个原因。实际上，由于他们的骚扰，他在物质和精神两方面都蒙受了巨大的损失。当时的朋友——他与大川秋帆认识以后新交的朋友——在他逃避到田园居住后不久，也都结束了访问病的时代，有的稳定下来——相对而言的稳定——找到一桩什么事业，专心致志地钻进去；有的人心理疾病越发严重，像他这样出于厌世和恨人，不愿意见所有的朋友。原先的朋友当中，似乎只有渚山病根未除，还延续了大约两年。更令人感觉可悲的是，被渚山的访问病传染的人如今一个也没有，而渚山这一阵子依然每天要去好几个朋友家拜访。这些朋友也许都很繁忙，可渚山依然到处打扰人家。渚山给他带来朋友各种各样的传闻，不是昨天见过面，就是今天刚碰头。但是渚山当时的朋友，他并不怎么认识。所以渚山特地带来的那些谈资传闻，都没法和他继续深谈下去——他和渚山之间的话题总是有限的，两个人几乎每天见面，话题就越来越少。对渚山所谓的"奇闻"，差不多也都听过一遍了。那天夜里，渚山开始讲述长篇小说《山峡的人们》的构思。可是，其梗概已经听过一次。渚山讲述的时候，大概忽然意识到他已经听过，便说道：

"总之，我打算写出来。你也写一篇怎么样？"

渚山的语气像是主人请客人品尝小点心一样，然后收住话题。他嘟囔道，这部《山峡的人们》是他几年来的腹稿，所以无论如何想写出来。

渚山抱怨道："可是，住在那样的地方不可能静下心来写东西，话又说回来，也无处可搬……"

听到渚山这句话，他心头猛一激灵，感觉渚山是在问自己"能否搬到你家里来住"，同时也想让他说出"怎么样？来我家住一阵子吧"这样的话。这似乎并非自己的过度解读。然而，他装作没听懂的样子置之不理。渚山知道，他以前家庭环境没有现在这样困顿拮据的时候，现在跑到"满洲"去的那个多出就在他家里当食客。渚山大概心想，那么难缠的多田都可以住在他家里，自己比多田不知道好多少倍，住他家里更不会有问题的。这的确是不争的事实。多田以前是"问题少年"，相比之下，渚山无疑是一个善良厚道的人。但是，且不说渚山的生活方式与他格格不入，即使自己的事自己做，如今他只要一想象和渚山住在一起、共同生活，就感到无限的悲伤。要说和别人住在一个屋檐下，这个前辈应该是再合适不过的对象了。常言道，"宁可借钱给吃喝嫖赌的人，不愿借钱给揭不开锅的人"，多田与渚山的不同就在于一个"没钱吃喝嫖赌"，一个"没钱买米下锅"。人的心态其实很奇怪，不近情理。渚山对自己有一种过于现实的悲惨的认知，不会让他产生丝毫的同情——他心里这么一想，对渚山的意图充耳不闻。只是他想问渚山：那间令你非常不满、朝北的窗户对着山崖的四叠大的房间下面，住着什么样的人家?

渚山回答说，下面是六叠和三叠的两间房间，住着一对大约五十岁的夫妇，还有据说是从乡下接过来收为养女的侄女，一共三口人。他们把楼上租出去，三口人把棉麻衣服的缝制当作副业，以维持生计。接着，渚山开始介绍棉麻衣服缝制的种种情况。

接着，渚山继续说道："他们的副业总是做到很晚，过了十二点才睡觉。但是，我睡得更晚。夜间上厕所，先要经过那个姑娘的枕边，再从那老两口睡觉的地方穿过去，这种滋味不太好受——当然，这不是不喜欢这个出租房的理由。"说到这里，渚山无奈地微微一笑，沉默片刻，终于开口说道："其实嘛……"渚山口气严肃，令人感觉其中必有蹊跷。原来渚山已经滞纳三四个月的房租了。他想到也只有渚山才能干这种事，不由得笑起来。渚山总是随口胡编个理由拖欠房租，对方信以为真，每次到期都要催促。这也难怪，人家就是靠这些微薄的收入过日子。渚山屡次违约，言而无信，自己也觉得不好意思继续住下去吧。可是他还是编造说正在找工作，让对方等到二月底。渚山一直找不到合适的工作，每次深夜回到租房的时候，房东平时都要工作到十二点，总有一个人出来迎接。说是"迎接"，这是体面的说法，其实就是想问渚山今天是不是找到工作了。渚山无法回答，这是让人感觉最不愉快的地方。为了躲避这种尴尬，最近渚山都是等十二点过了房东睡觉后才回去。他尽量轻轻打开大门，然后蹑手蹑脚地穿过那姑娘睡觉的三叠大的房间，来到上二楼的楼梯口。这时，肯定会听到从六叠大的房间传出老头的咳嗽声。

看来他们在这么点小事上都对我存有戒心——有志于创作自然主义小说的渚山抓住这些细微琐事，说得轻松洒脱。然而，他把这些事实与先前听到的鸽笛的故事结合对照起来，立即清晰地明白了渚山的近况。渚山跑到很多人家里闲聊，并个仅仅为了排遣寂寞的心情，更有在租房里难以安身的隐情，所以总是在别人家里赖到深更半夜……他心里这样琢磨着，在渚山说话停顿的时候也没有回应，只是沉默不语。渚山似乎也在回味自己的生活现状，没有吱声。过了一会儿，他不知道出于什么意图，忽然问道：

"这是你家庭隐私，本来不该问，可是……你太太瑠璃子一个月能拿多少钱？"

他似乎没好气地回答道："这个呀……好像四十五日元吧。"

"四十五日元？那你们生活能过得下去吗？"

"嗯，怎么说呢……妻子说她月收入四十五日元，不过我们家好像不只是靠这些过日子。中午和晚上两顿的盒饭钱、电车费，还有剧场后台的贺礼应酬、人际交往、分期付款的服装费，这些开销，那几个钱就花得差不多了。当然，有时候还拿回来五日元。而且当铺的利息，似乎都要按期支付的。"

"那你们这个家怎么维持下去的啊？"

"这个我也不知道……我对这种事一无所知。好像是妻子的老妈随意给点吧……"

"你真够大大咧咧的，说得像是别人家里的事……虽然嘴上说着生活多么困难，你还能这样无忧无虑，真令人羡慕。"

接着，两个人再次陷入沉思，无言相对的时候，听到熟悉的脚步声和口哨声，这是他的妻子回家来了。已经十二点了。

最近妻子说要演出狂言，不到这时候回不来。

　　那天夜晚，他才偶然知道原来渚山的病情有多么严重。妻子回来的时候，和往常一样随手关上门。这时，听见吧嗒一声，好像什么东西倒下来。仔细一听，知道是渚山的拐杖。当时渚山随口敷衍一句就过去了，过后知道，大概是老毛病犯了，关节疼，只能拄着拐杖走路。但是，当时渚山大概不想让他看见，就没有把拐杖拿进屋子里来，而是藏在门外。渚山当晚打算住在他家里，便摆出熟悉情况的样子，说"荞麦面店和被褥租赁店是全市营业最晚的两个行业"，还说出这附近被褥租赁店的地点。这让人猜想渚山今晚来的时候就已做好留宿他家的打算，所以沿途事先找好被褥租赁店。他的妻子出门买荞麦面和租赁被褥的时候，渚山拿过放在一旁的包袱，解开来，拿出一根细长的圆圆的怪东西，接着从怀里摸出一个怀炉。他一边说"肠胃不好，弄得跟老人一样"，一边将装在那个细长的圆东西里的火炭倒进怀炉里。这时，他瞬间对渚山感到莫大的悲哀，同时觉得渚山全部的日用品恐怕都装在这小小的包袱里。这个渚山会不会就这样赖着不走，一直住下去呢？要是这样的话，他也不能不讲情面地将其赶出家门——这是他最为担心的。这时，他忽然想起那个旧书店的小伙计建议他给儿童书籍撰稿的事情。像外国的探险小说那样胡编乱造的故事情节，或者随意地翻译，或者改编，什么都可以，两百页稿纸可以得到二十日元的稿酬。他想，尽管渚山对外语一窍不通，却也上过三年初中，应该可以做得了，于是问渚山想不想给这儿童书籍撰稿。

"有那些钱的话……"渚山说，"从去年十二月拖欠至今的房租就可以支付，欠饭馆的钱也能结清了。而且我打算去在盐灶开诊所的朋友那里住一阵子的旅费也有了。嗯，这个朋友，只要我去了，肯定会关照我的。在他那里，我把那篇东西写出来。"这个本应该清高孤傲的渚山，一听说要给儿童书籍撰稿，就高兴成这个样子，不禁令人怜悯。

一天，他时隔三个月去理发，然后时隔一周去洗了个澡。他最厌烦就是这理发、洗澡了。理发的时候，他总觉得后脑勺憋得慌，两眼晕乎；洗澡的时候，只要泡在热水里，就感觉全身疲惫，身体所有部位都懒得去洗。对于他来说，洗澡只不过是脱光身子、泡在热水中继续他那漫无边际、捉摸不定、唯有沉重苦闷的沉思。他并不觉得清洁关乎多么高尚的品德。身上有没有污垢对于人生不是什么大问题。那些热心于搓干净身子、刮干净胡子、精心梳理头发的人其实都不具有深刻思考问题的心灵，可以说，像他这样的人，根本没有时间去考虑这些琐事。虽然他一天到晚无所事事地待在家里，却极少想到要去洗个澡。即使偶尔想起来，念头也瞬间消失。因为他完全进入了另一个思考空间——其实就是毫无重点、虚无缥缈的思考，在他专心沉思的过程中，洗澡完全被抛在一边，不知不觉天色渐黑。他非常讨厌在傍晚洗澡。看着各种各样的人咯哧咯哧争相搓洗本来就不美观的身体，他心里觉得怪异难受，而且别人看着自己挤在人群中搓落粘在身上好几天的污垢，他感到恶心，忐忑不安。他认为洗澡的最佳时间是上午十点和中午一点左右，因为人少，可是这两个时间他都在睡觉——他这么个懒汉那一天居然去洗澡，还去理发，其实并没有什么特殊的原因，大概只是心血来潮吧，不，可能是天气的原因。最近天气转暖，那一天，和他在一起洗澡的两个人已经在商量外出赏樱的事了——对了，对了，樱花盛开，燕子飞来，要是到时候能穿上清爽利落的新夹衣……他舒舒服服地泡在热水里，透过高高的玻璃窗望着黄色的天空，这个想法猛然冒出来。他觉得这还是和季节有关，另一个是自己泡在热水里全身发热的缘故，他意识到人生在世，还是多少有点乐趣的。从时间来说，正是他起床后不久的一点左右，所以洗澡的不过四五个人，而且一个鸟笼放在将男池与女池隔开的隔板柜台附近，一只黄莺在里面不停地歌唱，歌声在空荡荡的浴池高高的窗户上回响，清脆明亮——他想，这浴池的老板把一只黄莺的鸟笼放在那里，就使得生活丰富多彩起来。也许人生不过就是由这样细微的东西积累起来的。把日常生活中的一些东西，尤其是"人生"这种抽象的东西提取出来，其实是愚不可及的梦幻。一辈子做着这种幻梦的是艺术家和诗人，所以像自己这样没有天赋的人也许该从梦中醒过来了。虽然他朦胧地感觉到这一点，但没有深入地思考，就放过去了。在他擦干身子的时候，忽然发现长发过耳，索性打算今天把这覆盖耳朵的很不舒服的长发剪掉。今天来洗澡，带了一枚五十钱的硬币，现在手头还有零钱。理发师看着自己留着像疯子一般的长发，大概会生气吧。不，因为我脸色苍白，也许以为我是长年卧床的病人。他心头有点顾忌这些没用的事，看了看穿衣镜里自己的形象。接着，他开始穿衣服，心想天气已经这么暖和，把那件长外套放进当铺，得给自己做一件新夹衣了。不过，长外套当的钱够做一件夹衣吗？不，当铺里放有一件旧夹衣，长外套放进去，把旧夹衣赎出来就是了。可是，自己还是想穿一件崭新清爽的夹衣啊……

起床后就去洗澡，然后理发，同时思考衣服的事，这是他最近少有的积极向上的心情。他的性格竟然已变得死气沉沉，缺少人的情趣。春天这个季节对人这种"两足无毛动物"产生的影响是十分微妙的，甚至都能唤起他这样的男人轻快的心情。

这一天对他来说实在是少有的忙碌，理完发回家以后，就想把狗牵出来去九段①广场溜达，因为他甚至对樱花的蓓蕾已经孕育几分都感兴趣了。

———————

①东京的地名。

两条狗弗拉德和雷欧都发育得很好，弗拉德身体健壮，模样彪悍，看上去就像一条纯种秋田犬。一次，他带着弗拉德在附近晒太阳，一个路过的青年绅士主动上来搭话，先是把弗拉德赞美一番，接着说了很多关于狗的事情，看来是这方面的内行。这个青年说弗拉德要是再长高五分①，那就是理想的体格，还说目测体重大概有多少公斤，然后问他这一带想必有很多好狗吧？他仔细询问，才知道这个青年绅士今年三月从兽医学校毕业，想在这里开一间宠物诊所，便过来物色合适的地点。说实在的，弗拉德真是一条好狗，所以他时常带着几分得意的神情用铁链子牵着它出去散步。加上弗拉德性情稳重温和，他们夫妻从田园生活的时候开始就对弗拉德偏心，对它倾注更多的爱。不过，他对妻子说过，要像对弗拉德一样同等对待雷欧。雷欧十分神经质，非常聪明伶俐，表情也极其丰富。不论什么人，看过弗拉德的身形和神态后再看雷欧，都问雷欧是不是母狗。这么说来，雷欧还真有喜欢向女人讨好的动作。不过，弗拉德的憨厚迟钝比起雷欧的机灵讨巧更让人觉得可爱。不仅如此，雷欧小时候形体十分匀称优美，长大以后却变得体长背矮，而且越长越胖。由于其貌不扬，和弗拉德一起散步，就更显得逊色。他总是用铁链子拴着弗拉德，自己牵着走，而对雷欧放任不管。一个原因是雷欧生性老实，不用担心它和别的狗打架，

_____

①一寸的十分之一。

另一个原因不能不说是雷欧的外观不够漂亮。如果雷欧也和弗拉德一样英俊，即使他一个人有点吃力，也一定要用铁链子把雷欧拴起来，一手牵着弗拉德，一手牵着雷欧，一起散步。当时刚刚流行斗狗不久，人们对狗格外小心谨慎。他牵着弗拉德在外面散步，遇见的路人个个都多少露出警惕的神色。小狗上来对着弗拉德吠叫，弗拉德也不予理睬。一路上都是这样，到K广场①后更是如此。主要是附近的小孩子都牵着自家的狗到这个广场活动，于是弗拉德的英姿尤为显眼，有的牵着自家小狗的孩子看见弗拉德来了，赶紧把手里的铁链子收紧，还有的甚至把自己的狗藏起来。在周边尽情玩耍的孩子们都欢快叫喊着围拢在弗拉德身边。

"哎呀！这狗真棒。"

"挺健壮的。"

"这家伙厉害。"

孩子们七嘴八舌地赞叹不已。到顾客家回收酒桶的一个酒馆小伙计中途偷懒玩耍，也在其中，这个十四五岁的小伙计盛赞弗拉德，然后战战兢兢地走上前来，小心翼翼地摸着弗拉德的脑袋。

小伙计正在兴头上，继续说道：

"噢，真可爱。特别乖顺，直摇尾巴。"

---

①指九段广场。

这个小伙计忽然看见被大家冷落一旁、畏畏缩缩在孩子们身边观望的雷欧，说道：

"哼！这家伙怎么回事？长得跟猪一样。喂！哟！猪猡！"小伙计为了最大程度地赞美弗拉德，故意贬低别的狗，恶毒地说雷欧的坏话，并且对着健硕的弗拉德的主人投去献媚讨好的眼神。这个小伙计不知道雷欧和弗拉德是同一个主人，越说越来劲，竟然把在一旁胆怯畏惧的神经质的雷欧赶得团团转。雷欧一边跑一边向主人投去求救的目光。然而，在小伙计开始辱骂和欺负雷欧的时候，他就怎么也说不出这条长相丑陋的狗也是自己的。小伙计没有意识到他也是雷欧的主人，更加起劲地追赶雷欧。而雷欧总不离开主人身边，只是在主人和它哥哥弗拉德的周围转圈逃跑。

"喂！"他对小伙计说道，"你别这么欺负它！"

但是，小伙计没有意识到这句话中的分量，还是不依不饶地追赶雷欧，最后昏头昏脑地用脚踢雷欧。雷欧这才离开他身边，向远处跑去。小伙计没追上，便拾起脚下的石子朝逃跑的雷欧扔过去。大概石子击中雷欧，只听见它发出一声惨叫，但还是回头用哀怜的目光看着主人，然后撒腿朝家里逃去。他猛然紧紧拉着弗拉德的狗链子，大步朝这个小伙计走去，冷不丁一把抓住小伙计的衣领，说道：

"喂！你这是干什么？为什么要用石子扔它？"

刚才还兴致勃勃的小伙计被他突如其来的气势汹汹吓得胆战心惊，可是不明白什么缘故，呆若木鸡。他看着小伙计一副哭丧的脸，大声喝道：

"……那是我的狗！"

说出这句话，他感觉自己的脸也和小伙计一样扭曲，一下子无力地松开了抓着对方衣领的手，对着垂头丧气呆立不动的小伙计投去与刚才的凶狠目光截然不同、可以说是温柔的一瞥，然后头也不回地大步离开——朝着刚才惊恐的雷欧一边回头看着主人一边逃跑的那条路走去。

雷欧的眼神沉重地压在他的心头——我的主人为什么不保护我？我无比信赖的主人看着我无缘无故地被人欺负，为什么一声不吭呢？救救我吧！怜悯我吧！——即使怀疑一切，雷欧依然对他怀着无比信赖、乞求哀怜的眼睛。还有那个其实并没有恶意，只是想讨好狗主人，如天真的孩子一样戏谑的小伙计那惊恐害怕的眼睛。这两双眼睛何其相似，都显示出一个无缘无故受到伤害却无法反抗的痛苦心灵。雷欧之所以流露出那样的眼神，那个小伙计之所以流露出那样的眼神，其原因都来源于他。是这样的——他边走边想——就是这样，一切都因为他的虚荣。漂亮的弗拉德的主人不想让别人知道自己也是丑陋的雷欧的主人，正是这种可怕的虚荣心作怪。我没有任何理由对那个小伙计生气发火……

暮色渐临。他低头走在逐渐昏暗的岑寂的街道上。他觉得自己的想法是对的，但意识到自己的兴奋过于歇斯底里。他自我剖析，这是从今天早晨开始就过分浮躁的情绪的一种反作用，但他还是无法抑制歇斯底里般的忧虑苦恼。回到家里，他立刻就叫唤雷欧。雷欧是独自回家的，不知道是由于害怕他还是生气，躲在外廊的紧里面，一直不肯出来。他从厨房拿来米饭想给它吃，但雷欧还是不出来。他觉得雷欧在闹别扭，心里发急，想把石子扔进去逼它出来，但立即打消了这个念头——雷欧是闹别扭吗？或许雷欧以为自己做了什么坏事而害怕，又不知道自己到底做错了什么而更加恐惧才不肯出来。他决定不理它，等它自己心情好了自然就会出来的。

　　他走进房间，却像犯了什么罪似的，心里憋得慌。其实我就是一个虚荣的人——他继续想——对待渚山也是这样。不就是因为渚山的身世悲惨，自己心里才耻于认同和渚山是亲密的朋友吗？然而，有什么理由让自己耻于和渚山成为密友呢？

　　那天夜晚，他这样思前想后，意外地联想到自己如今唯一的朋友渚山。这个渚山，以前在自己心中完完全全是瞧不起的对象。然而，那天晚上借着刚刚歇斯底里的心绪，他对渚山作了一番深入而彻底的思考。

　　这个渚山什么地方让自己耻于与之为友呢？那么，渚山什么地方显得愚蠢可笑呢？难道是说话过于客气谦恭吗？难道是态度过于和蔼端庄吗？难道是对自己不为社会所认可的艺术自视清高吗？难道是因为年轻时代的轻率，过于相信本来就不具有的才华，将母亲的遗产挥霍精光、如今变得一文不名吗？这么一想，渚山这个人从头到脚都可笑愚蠢。但是，假设——他继续思考——假设渚山的现状还是如此，但曾经是闻名于世的作家，那么不就是一个对所有的晚辈都态度亲切和蔼、谦逊，知识丰富，性格沉稳，而且愿意为忠实于自己的艺术而舍弃一切的人吗？是的。只要、只要（！）渚山曾经是一个事业有成的人，今天看似可笑的地方，甚至都有可能成为优点。那么，可笑的仅仅是渚山怀才不遇这件事。说到渚山的才华，诚然，也许实际上并没有什么才华——不，也许现在没有什么才华，但过去，在渚山洋溢着青春活力、对自己的前途充满憧憬的年轻时代，大概不能说和现在一样是个平庸之人。渚山的才华也许是在怀才不遇的环境中逐渐消磨掉的。按照一般的情况，怀才不遇绝不会培养人的才华。只要看一看田园住宅庭院里的那些不见阳光的蔷薇就知道。"如果是蔷薇，它总会开花。"没错，是这样，但谁都明白，如果蔷薇终生生长在阴暗的地方，没有阳光，在它开花之前就会枯萎。

他考虑到这儿，思考的对象不知不觉已不再是渚山。但是，他故意只思考渚山的事，因为他害怕这个时候想自己的事情。所以，他继续想"渚山如何如何"。这时，"渚山"已不再是一个现实的人物，而是一个象征——这个人，众口一词都认为他没有才华。然而，我现在也不知道渚山如今究竟是一个什么样的人。不过，我从一开始就没有看重渚山，所以缺朋友之情，甚至连渚山的作品都从未认真读过。当渚山说到某部"充满自信"的作品时，甚至觉得这句话本身就很可笑。对了，我手头不是有《殉教》这本杂志吗？为什么至今没想过要看一看渚山这篇《阿米》呢？如果是仅仅不看，那还好说。问题是我根本就没有看过渚山的作品，怎么从一开始就瞧不起他的才华呢？

　　他站起来，走到荒废多时的书桌跟前，在堆积一旁的旧杂志、破破烂烂的小册子以及没用的旧稿子中翻找，可是一下子找不到现在就想看的那本刊载有《阿米》的杂志《殉教》。他停下来，不再寻找，继续思考自己的事情，脑海中忽然出现乡下庭院里树荫下的蔷薇花。一想这个，当时充满忧郁的田园生活的各种事情都浮上脑海——以前一直没有意识到，其实其中也许有值得写作的素材，说不定还可以亲自写作。等下次渚山来的时候，把这些素材告诉渚山，听取意见。以前不论想什么事，他从没有想到告诉渚山，把交流意见作为一种乐趣，但那天夜晚他重新思考对渚山的看法——是啊，我是渚山的朋友，这有什么羞耻！正如渚山对我倾心相诉一样，我对渚山也要坦诚相告！记住！如果无意识地认为轻视渚山才能显示自己的高明，那才是可鄙可耻的虚荣！那才是精神落魄者的第一步！不，在自己没有意识的情况下，不仅我的表面，甚至连我的内心都已经朝着精神落魄者迈出了第一步，或者走得更远了——对于某种性格的人来说，自我谴责是一种享乐。

　　说到渚山，已经有两个多星期没露面了。渚山那天这样说道："写作那篇探险小说的事情已经谈妥，我随手胡乱凑合写了一部分，对方本来说必须全部交稿后才能支付稿酬，经我苦苦央求，才给我预支部分稿酬。多亏了你，尽管有点晚了，但总算把二月份对付过去了。"

　　那一天，渚山拿出一本厚两英寸多的很漂亮的书给他看，说这是蓝本，自己花十五钱在夜摊上买的。这是外国人写的书，看来作者的水平并不在渚山之上，虽然有作者署名，但没听说过。当时流行史蒂文森①的文风，这本书大概是模仿这种文风撰写的。书里插图很多，渚山翻开来给他看，从插图猜测，好像是将《金银岛》《金甲虫》②之类作品加以拙劣的扩展、拉长拼凑出来的海盗故事，其中还有海盗互斗的情节。那一晚渚

---

①史蒂文森（1850—1894），苏格兰小说家、诗人、旅游作家。英国文学新浪漫主义的代表之一。在世时，不少现代主义作家对他并不认同，认为其作品不符合他们所定义的文学。著有《金银岛》等。
②美国作家爱伦·坡的短篇小说，开创了其文学生涯的黄金时代。史蒂文森创作寻宝小说《金银岛》的灵感便是来源于《金甲虫》。

山走后，就一直没有露面。难道他一心一意地投身于这项事业吗？就在他心里想着渚山的时候，大门开了——莫非心想谁谁就到……原来是邮递员。

是一张明信片，从那一板一眼一丝不苟的字体和拐弯抹角啰啰唆唆地把简单的事情说得复杂的文体，就知道是他的岳父——先前是内务省的下级官员——寄来的。虽然明信片写得满满，但其要点是说"有事商量，明天下午你散步的时候能顺便过来一趟吗？如果来不了，我打算一两天内上你那儿去"。信是岳父写的，署的是岳母的名字，落款是三月二十三日。他一看，用不着去，心里就已经明白，肯定是这个月月底怎么办的问题。

他摆弄着明信片，一会儿揉成一团，一会儿摊开，心想自从来到这个家以后，这是第几次收到信件。最近这四个月，恐怕就这一张明信片吧？也可能还有一张——那也是——显而易见的。长久以来，他既没有事情必须给别人写信，也没有这份心情，也不会有人给他寄信来。

近来他已经习惯孤独，像今晚这样想和人见面实属罕见。他手里拿着"有事商量，你过来一趟吧"的明信片摆弄着，同时意识到这"有事"一定是生活上的事情。当他想到这些的时候，今晚想与人见面的心情愈发强烈，谁都可以，有一段时间没来的那个旧书店的小伙计也行，当然最好还是渚山。如果今晚渚山飘然而来，很难说不会向他倾心诉说自己的贫困家境。不，贫穷，我并不怕，但从我的嘴里绝对说不出来。自己更想谈有关艺术的话题——他今天才意识到的自己在乡间的生活、不经意间看到的大自然与自己内心产生的共鸣——如果把这些事情讲给渚山听，他也会与自己一样，认为是微妙的故事吗？如果认同的话，渚山会一如既往地鼓励自己尽快写出来吗？不，如果在渚山看来这的确是微妙的故事，或许他会嘴上鼓励，内心对自己可能写出优秀的作品充满嫉妒和愤慨。说不定渚山对这样的故事根本就无法理解。对，渚山根本不把这些故事放在眼里，认为不值一写……但是、但是，假如我写出来的话，谁为我排版印刷呢？当然最重要的是，这篇情绪明朗，情节却漫无边际不得要领的优秀（？）作品，我自己写得出来吗？

就这样，他极力忘记"明天的事情"的时候，脑子里却突然冒出这个毫无头绪的故事，经过翻来覆去的思考，心情竟然莫名其妙地兴奋起来，但又很快意识到这是空中楼阁般的自信。即便如此，他对艺术的兴奋感也促使他产生了至少把梗概写出来的强烈愿望。这时他才发现自己有两个星期没有坐在书桌旁边了，而且没有一张稿纸。如果现在出门去买，手头连这么点钱也没有。一枚五十钱的硬币，洗澡、理发，又买了一包香烟，剩下的作为明天的电车费。不过，他以前有不少写了两三行字或者五六张后就扔掉的旧稿纸，堆在小箱子里。他从壁橱里把小箱子拿出来，在其中翻找作废的旧稿子，然后一张一张地翻过来，重新折叠整齐。

这些旧稿纸里竟然夹有一本《殉教》，正是自己刚才到处寻找的那一期，其中刊登有渚山充满自信的《阿米》。他停下折叠旧稿纸的动作，目光落在《阿米》上——这时，他对渚山也许已经不是怀有亲切的善意，确切地说，多半像一个正在构思新作品的艺术家由于缺少自信，正从手头朋友的作品中寻找可以鼓励自己的资料。

他哗啦哗啦翻阅《阿米》，这是篇幅相当长的短篇小说，得有八九十张稿纸。题目是女主人公的名字，作品中名叫"邦吉"的青年大概就是渚山本人。这样看来，就是渚山那个浅草丛书中的一本——浅草一家为不三不四的女人和她的客人提供住宿服务的极其廉价的低档酒馆①，这家小酒馆老板娘的女儿和常客邦吉一来二往就发生了关系，后来邦吉住进这女人的家里。这个女儿才十七岁，她母亲是一个不到四十岁的寡妇。这篇作品的主题就是讲述这个女儿、母亲与邦吉之间的三角关系，描写后来邦吉的内心矛盾。这个容貌可爱的姑娘，由于周围环境的影响，心灵早已颓废。她和邦吉同居不到半年，就抛弃了邦吉，投入新情人的怀抱。邦吉十分嫉妒，打算离开姑娘的家。

---

①这里指表面上为客人提供酒水，实际上为客人招妓或供情人幽会的小旅馆。

但是他虽然嫉妒，却对姑娘更加恋恋不舍，对于离开她的家犹豫不决。由于姑娘的母亲对邦吉的同情，最终没有把邦吉从这个家里赶出去。为此，母女俩争吵不休。邦吉堕落于无比眷恋的姑娘的母亲的诱惑，但是第二天早晨，邦吉还是从这个虽然可以保证自己衣食无忧，却充满恐怖、看不到任何光明和前途的家里逃了出来……小说的主要内容就是这样。他起先是跳着看，但渚山的写实手法吸引他认真细读。对渚山，真的不可小觑，其笔法老练，遣词用字尽显其不轻易慌乱、动情的枯淡心境。作为现实中的人，渚山给人可笑的印象，但作为作者，毫无可笑之处。他没有发现任何可以瞧不起渚山的地方。他大体读完了这篇小说，但重新思考的时候，作为一个对作品不轻易感到满意的评论家，他还是表示了不满。他感觉这种不满逐渐变成了同情。渚山的笔致称得上娴熟老道，心理刻画无疑也达到一定的程度，至少应该算是注重文学修养的人的作品。能采用的手法全部用上了，这样一来，就失去了所有的幼稚，也丧失了与幼稚同在的生气。把这种下流可耻的题材写得高尚文雅，很难不认为是热情弱化的结果。可悲的渚山，尚未成名，却写出著名老作家那样的作品。啊，最微不足道的著名老作家！为人很可笑，但作为作者一点也不可笑——这是一篇完美无缺的作品。然而，为什么仅仅如此就能成为优秀的艺术品呢？更可悲的是，在"小左拉"的构思中，存在着"小托尔斯泰"

的思想。所以，这篇作品令人感觉，即使渚山极力表现新鲜的感觉，但是单纯从文坛的角度来看，也已经落后三年，或者仅仅落后三年。事实上，社会上存在这样的作家和作品——这个可悲的渚山居然现在还给他打气，而他竟然以同辈人的无能作为一种乐趣。这是何等矛盾的人生啊！

　　　题目:《无花蔷薇的故事》……谁都尚未写过的故事!

　　他提笔创作，不停地写作，无休无眠地写作。翌日早晨，他还在忘我地写作，几乎忘记了明信片上岳父要他过去这件事——当天傍晚，本来笔头迟钝的他竟然写了十七八张。他重读一遍，感觉写在废旧稿纸背面的这些文字只是令他极其绝望。他想起来，居住在乡下的时候，有一天深夜兴之所至写了一首诗，第二天早晨再看，一夜之间，诗歌的色彩和韵味消失得无影无踪。跟那首诗相比，这篇作品更是毫无意义的呓语。那种怪异的长久的亢奋至今还在延续。

　　"这不行！"

　　他独自大声叫起来。久久地坐在书桌前。他想起一个人说的话，那是一位富有个性、体格魁梧的雕塑家说的:"我知道当发现自己没有艺术才华时该做的事情——只有一个方法。"他不知道这句话有多大的真实性，也许仅仅是带着炫耀的意味反话正说，以显示自信。他想起来，这是几年前在这个雕塑家的工作室里，雕塑家一边给他翻看罗丹作品的照片，一边用激昂的语调说出来。如果自己证实自己毫无才华，自信遭到彻底粉碎，即便是青年，一旦明白这一点，一生也就失去了生存的价值。然而，这世上之所以拥挤着无能的芸芸众生，那是因为个体的幻灭正看准时机、一步一步悄无声息地逼近。他们一点点地削减自信，但自己毫无察觉——他坐在桌前，想着这些事，然后和往常一样，思路自然而然地进入对自己的批判。他感觉到漠然迷惘的自信如同掌中之沙，眼看着一点点消失。在这种情况下，任何计划都不过和积极地磨灭自信的办法是同一个意思。然而，总是梦想和相信事实上根本不存在的才华，这不是极其荒唐可笑的吗——有志于艺术的人中，不知有多少人将对于艺术的梦想、自信与自己的青春一起断送。我现在正处在这个时期。既然不会艺术，还会别的什么事吗？人的一生，不论怎么样，好歹都能活下去。但只要想到自己碌碌无为的一生，就会害怕。即便如此，对于没有才华的人，除此之外，好像也别无选择。于是，所谓人生的希望，无非是相信自己的力量，寄托明天的梦想。如此说来，渚山一直有所坚信、热烈思考、经历丰富的人生，还坚持没有指望的写作，就这样生活了二十多年——表面上看一点也不幸福的渚山——仅凭这一点，难道不值得尊敬吗？如果渚山由于愚笨缺少自知之明，少一些痛苦，我真不知道该对这个人是嘲笑还是羡慕呢……不仅仅是渚山，所有的人都过着自己的日子，这本身就是一件值得尊重的事。对有才华的人，应该尊敬其富有才华的人生；对没有才华的人，出于同样的理由，不是也应该尊敬其没有才华的人生吗——而像我这样，刚刚走上人生道路，就已经气喘吁吁。人们所赞美的青春对我来说是一个难以承受的重负。

I am sick of malady.

There is but one thing can assuage：

Cure me of youth, and, see，

I will wise in age! [①]

他想起记得模模糊糊的这首诗。对了，歇斯底里的状态或许才是青春本身。如今自己所需要的，是老人般平静而透明的生活。然而，现在我的生活又怎么样呢？青春、枯萎的青春——要是三十年的时间能在一瞬间过去，那该多好。不，整个人生在这一瞬间流过也很好。尽管我现在丝毫没有英雄般壮烈牺牲的意志，但对死亡的突然来临也不会感到惊骇……

他浮想联翩，不知道自己这些荒唐无稽的想法中，有多少

①此诗大意是：我患有一种病，无能为力。这种病就叫青春，待到年老，就会产生治愈的智慧。

是实际感受，有多少如诗歌般言过其实。如果继续坐下去，自己的思想就会信马由缰，无法收拢。当他意识到这些思想既不能拯救他，也不能安慰他，相反只能使他的脑子更加混乱的时候，为了改变一下心情，他决定出门去岳父家。可是此刻已将近十一点。他走到门口，吹口哨把狗叫来。因为他知道在这种精神无比兴奋的时候，如果不出去散步的话，也睡不着觉。即便来了小偷，家里也没有任何可偷的东西，但总不能家里不留人就出去，况且自己也没有可去的地方，所以他和两条狗在家门前没有行人的路上来回溜达。春夜温煦，月色朦胧。他仰望月亮，想起田园生活——从昨天开始就浮现在眼前、但无法描述的田园生活，在看着月亮的时候，又重新涌现脑海，令人无比怀念。那么，为什么不能在那儿长期居住呢？为什么不能成为古铜色皮肤的村民呢？自己又是怀着什么目的重新回到城市晃荡的呢？他深切地咀嚼品味这种感伤的心情，心头逐渐平静下来，打算今晚妻子回家以后和她聊聊田园的生活——那山丘的故事、那井边的事情……这样肯定会有新的发现。他一路想着，然后回到家里。

他钻进一直没有叠起来的被窝里，心想再看一遍刚刚动笔的稿子，可是转念一想，这只能再次面对自己的无能，便打消看稿的想法，但还是把稿纸和钢笔整齐地放在枕边——正如亢奋不过是突然发作一样，也许绝望也不过是突然发作。再认真重写吧。我也不是命中注定一事无成的人。他这样自我安慰，忽然想到渚山是否也会在这种无边的思绪中入睡呢？他觉得自己这个极其无聊的想法非常可笑，放声大笑。他听着自己的笑声。"这个人简直就是怪物"——他仿佛听见有人在远处这么说，便回头看过去。

他迷迷糊糊地沉浸在各种各样的思想和情感中，突然听见狗叫，心想应该是妻子回来了。狗听到妻子的脚步声，就会习惯性地吠叫，妻子吹口哨回应。可是，那个晚上，他没有听见口哨声，而是从远处传来脚步声。如同监狱里的囚犯对外界的声音极其敏感一样，他的耳朵似乎也变得像狗一样敏锐。脚步声由远而近，但不像妻子的脚步，当走到过往行人很少的他家道路附近时，木屐的声音突然变轻。和这蹑手蹑脚的木屐声一起的还有吧嗒吧嗒的草履声，这两种声音交错着从他家门前走过——看来不是妻子回来的声音。他做出这样的判断后不到十分钟，又听见一个人的脚步声，这次声音的方向和刚才的正相反——从并非妻子平时回家那条路的坡道上，传来很大的回声，而且走到家前面时也没有放轻脚步——大门是敞开的。与平时不同，今晚狗对温柔的呼唤声都没有理睬，但是没有吠叫，因为它们从脚步声就能判断出是谁。刚才十分钟前狗听到脚步声后就是这样。他对妻子今晚的怪异行动感到不快，便没有理睬她。但如果他突然问一句："喂，今晚朦胧的月色真美吧？"妻子一定心不在焉地回答"嗯"。这个时候，如果说"这样的夜晚最适合男女手牵手散步"，然后默然一笑，妻子会是什么表情呢？他想妻子大概会瞥自己一眼，心想"这男人的耳朵长得真不是地方"吧……他心里这么琢磨，却装作不知道妻子回来的样子，一直没有吱声，但满心狐疑地注意着走进隔壁房间里的妻子的动静。

他想妻子应该是一动不动地倚靠在长方形火盆边上。她大概以为他已经睡觉，所以一直没有说话。忽然一个想法浮上他的心头——也许妻子昨晚看到了从她家里寄来的明信片，所以今晚从剧场出来后，先回娘家和母亲商量了什么事，而母亲送她到那个坡道上。说不定妻子现在正为家里的事情苦恼担忧呢……肯定是这样。

"喂。"他隔着拉门问道，"你回娘家了吗？"

"哎哟，你还没睡啊？"妻子似乎被突如其来的声音吓了一跳，回答道，"没有。你怎么问这个？"

他没有得到预料中的回答，沉默下来，但又问一遍：

"你今晚是从坡道那个方向回来的吧？"

"嗯，你怎么知道得这么清楚？"

"知道，我什么都知道，因为你的脚步声听得清清楚楚——为什么从那条偏僻的坡道上回来啊？"

"……今晚天气暖和，月色明亮。在电车上遇见一个熟人，那个人在新见附下车，我也一起下了车。因为那一段路僻静，那人就送我到这附近。"

妻子说得头头是道，但是他觉得其中只有一半或者三分之一是真话。如果刚才他没有听见先是从坡道下方传过来的脚步声，就可以认为妻子说的全是真话。不过，他不再询问不再打听，只是拿起放在枕边的稿纸，刺啦刺啦地撕碎。

"你这是怎么啦？"

他沉着平静地回答道：

"没什么。稿子写得不理想，撕掉算了——与你无关。"

说罢，他起身走进妻子所在的房间。妻子果然一动不动地倚在长方形火盆旁边。他让妻子走开，一个一个打开火盆的抽屉寻找。

妻子觉得奇怪，问道：

"你找什么？"

"安眠药。应该还剩下几粒，够我一次的量。"

岳母坐在外廊上，背对着阳光。他穿过栅栏门，从竹墙的破损处看过去，她似乎在做针线活儿。他也不说话，径直走进家里。这是开门走五步就到屋子正当中的小家，是他妻子的娘家。他和往常一样，板着一副冷若冰霜的面孔，站在那里，岳母回头望着他，说道：

"噢，你来得正好。你要是不来，我们正打算赶紧把手头的活儿干完以后，去你那儿呢……"

她果然是在做针线活儿。"你看……"她捏着手里的衣服给他看。这是一件用粗糙的铭仙绸缝制的黑红方格花纹的夹衣，看起来快要做完了。他一眼看到岳母身边放着一块黑缎布料，应该是用来做夹衣的领子，便一边拿起坐垫铺在地上一边说道：

"好漂亮的衣服。谁的啊？"

"是啊，谁的啊？"她笑了笑。她的笑容充满善意，但给人卑俗的感觉——岳母的这个笑脸，这个笑脸总让他心头很不愉快。她带着这样的笑脸瞥了他一眼，目光回到手头的针线活上，说道：

"我不喜欢这种花纹，显得俗气。你说呢？"

"是啊。"他说道，"我也不喜欢。这是谁的衣服啊？"

"嗯？"她又瞧他一眼，带着疑惑的眼神，"这不是你挑的吗？我还以为你明知故问呢。"

"我挑的？没有啊，我才不会挑呢——这么说，这是弓子的衣服？"

当他知道这是弓子——他的妻子——的衣服时，从内心深处感觉极不痛快。尽管弓子一直自己挣钱，但买铭仙绸做衣服这样的事，从来没有自作主张。买什么东西，花纹也好，样式也好，都会和他商量。现在可好，这个女人什么时候买的布料，衣服都快做好了，对他竟然只字不提。这个姑且不论，就说这样式吧，如果样式符合本人的气质，即便艳丽而引人注目，那也不要紧。要是普普通通的带女学生余韵的流行款式还说得过去，却偏偏弄成这一身像是艺伎——还是低级艺伎——的打扮，真令人弄不明白。在一个郊外的业余剧团跑龙套，自以为是大演员了，真不知天高地厚。一想到这个，他就气不打一处来。岳母见他不说话，还以为他和往常一样，从来就没有好脸色，也不往心里去，照样做她的针线活。她手中的活儿告一个段落后，便放下来，给女婿沏上茶，然后开始商量所谓的正事。她拿出一张从卷式信纸上撕下来的纸，上面记着为女儿的家庭千方百计筹措的钱款数额及用途。她唠唠叨叨地详细说明，让他回忆起当时的情况，一笔笔还都有模糊的印象。其实现在唠叨这些没用，你就说怎么办吧？他希望岳母尽快把结论拿出来。其他事情都好说，金钱上必须明算账——他认为这个想法简直不可理喻。但是，眼前这个啰唆的女人不仅像世俗观念那样把金钱看得太重，锱铢必较，而且不嫌麻烦地按照时间顺序一笔一笔唠唠叨叨、喋喋不休，她觉得不这样就没有准确表达自己的想法。这种事每个月的月末都会有，但今天似乎更加絮叨乏味，他心里倒是想着弄明白昨晚的脚步声和今天的方格花纹夹衣的事，就在他思考这些问题的时候，这个无足轻重的金钱问题好像有了结论。

"我说啊，峰雄……"她见这个女婿对此事毫无诚意，几乎一句像样的回答都没有，便直呼其名，唤起他的重视，然后拿起长烟管连抽两三口，继续说道，"我说啊，峰雄。我刚才都说了，你们借的钱总共是一百九十六日元，差不多就是两百日元吧。其中去年年底我从熟人那里为你们借的五十日元，这个月就到期了。当然，如果说明原因，拖个一周或者十天的还可以。钱是替你们借的，但如果我这里有钱的话——我是说如果我们也有像你父亲那样的身份的话（岳母流露出亲家平时对他们态度冷淡的不满），这是我家可爱的闺女和你一起借的钱，只要你们不是大手大脚，挥霍浪费，别说两百，就是一千，只要我们有钱，总会设法解决的。如果你有把握，什么时候还，说个准日子，我们还能想别的办法延迟一下，不然的话，这样没完没了地拖下去，我们两家就一起完蛋。所以啊，我觉得现在必须先把以前借的钱还清，可是我这里没有好办法，真的很为难。你有什么好办法的话，说给我听听。"她轻声说罢，其实也没有真想听女婿的回答，只是苦笑一下，接着说下去："我了解你这个人，你是拿不出什么办法的。前些日子和你岳父商量了一下。他说——你别说话，听我说——你说要居住，在乡下买了一块地皮。不知道你是否同意？如果把那块地皮抵押出去，可以抵押二三百日元。这样的话，拿到三百日元，所有的债务都能还清。剩下的钱，你就用来找一个合适的工作，你看怎么样？剩下的钱最多也不过一百日元，照现在这个花法，两个月就得花光，要不这样，索性把现在这栋房子盘出去——反正你对那栋房子也不满意，弓子平时不在家，你生活不方便，看着怪可怜的，那就索性把房子出让掉，弓子可以暂时住到我这儿来——这当然由你来决定，你住到我们这个家里来也没关系，但是，你也知道，我们这个家连放一张桌子的地方都没有，两对夫妇挤在这里睡觉，的确很不方便。白天还凑合，一到晚上，你岳父这事儿那事儿的，每天晚上都要唱谣曲，要到十点。你不喜欢，他也觉得心烦。所以，如果你愿意的话，是不是可以在附近租一间房子住呢？如果让弓子也去出租房住，首先两个人生活，费用肯定要高，而且夫妻俩住出租房也不合适，让人笑话。当然，如果你非要这样的话，那也可以。如果你一个人或者再找一个人搭伙租房的话，离这儿不到一町的地方，有一家给军队供应面包的店铺，从面包房旁边拐进去就有房屋出租。那里的房东是和你岳父一起唱谣曲的朋友。因为大家比较熟悉，我昨天特地去打听了一下，说是刚好有好房间，朝南的，整天都有阳光，很亮堂。虽然只有四叠大小，但的确不错。月租金据说是十七日元。你认真考虑一下，没意见的话，这个月就把那边的房子卖了。你看怎么样？"

他一直只是默不作声地听着，但现在不能不作答，可是心里没有主意，一句话，就是怎么都行。

"嗯。我怎么都行。"

"你这个男人真没有主心骨。什么叫怎么都行，这可是你自己的事啊。"

"嘿嘿嘿……"他和岳母同时苦笑起来，但他认为刚才她的思路也不失为一种方法，便问道："这个……和弓子商量过了吗？"

"四五天前，她派人来，说是剧场总管的儿子死了，现在大家都在送奠仪，她手头没钱，需要五日元。我想办法弄到钱后，就给她送过去，顺便对她谈起这件事。她的意思好像是只要你同意，她没意见。"

"什么？四五天前？可是她对我没有说过，和你见面的事也只字不提。"他感觉对妻子的不满中又增加了新的材料。不知道岳母是否意识到女婿的脸色，她带着为自己女儿辩解的口气说道：

"她说要是直接和你谈，怕你厌烦，所以就让我包办一切。这样吧，要是你认为这样可行，就这么定下来。这个月——其实也没剩几天了——我明天就过去帮你收拾行李。"

"嗯……可是……即便今天就搬家，没有钱行吗？"

"这个嘛，你要是打算拿乡下的那块地皮换钱——话虽然这么说，也不是说卖就能马上卖出去——在地皮抵押出去之前，

192

我这边给你想办法。不管怎么说，地扔在那里，扔一天亏一天。既然这么定下来了，这个月就把它办妥了。关于抵押地皮这件事，你岳父说了，他可以帮你想办法、出主意，但是自己不想直接插手交易，担心你那边的家里人产生误解——哎，穷人的多虑吧。"

两人各自想着自己的心事，都没有说话。

"江森先生怎么样了？"她为了打破难堪的沉默，换了个话题，"说起来，他好久没上你那儿去了吗？也好久没到我这儿来。上个月二十日前后，几乎每天晚上都来。你知道吗？他的谣曲唱得可好了。"

"谣曲？是吗？他还有这样的业余爱好？"

"岂止业余，简直是专业水准。那嗓门老成圆熟，和来我家里的那个谣曲老师一起唱《藤户》，连老师都大为赞赏。后来老师说那个人大概经过专门的训练，教初学者完全没问题。所以，你岳父在江森先生再次来的时候就和他商量——在谣曲十分流行的当下，你与其这样穷愁潦倒，不如当谣曲老师教学生，怎么样？至于弟子，我给你找。你岳父说话坦率，直来直去，可能多嘴了，江森先生当时只是笑笑，但从此就不再登门，也许不太高兴吧。我们搞不懂你们这样的人是什么心理。"

如果连渚山这样熟悉人情世故、为人周到的人都被视为怪人，那么在岳母眼里，他更是一个不可名状的怪物。是这样，他对自己也不了解……不过，渚山还具有如此高雅的艺术爱好，却从未在自己面前吹嘘过，这让渚山的性格中增添了招人喜欢的情趣。

　　他从刚才谈话的、只有一扇朝北小窗的房间里出来，晴朗的早春下午三点的阳光感觉晃眼。这阳光对他的心情来说也很"晃眼"。他走在行人熙熙攘攘的街道上，坡道两旁商店装饰得花里胡哨的橱窗时时吸引他的目光——原来色彩如此华丽美艳。和煦的晴光里，眼前的一切，都让他惊叹这世界是多么明亮——这世界可以这么明亮吗？仅仅两三个小时的时间，大自然就洋溢着春天的气息。冬天的瘀滞郁结让他的心情呆滞沉闷，在春天的阳光下开始逐渐苏醒灵动，却也觉得越发疲惫。不仅内面的心情，外面的各种情况也逐渐逼近，他预感到——不管是否愿意——自己穷途末路的生活即将决堤。这个预兆在他的内心投下了虽然不大，却极其浓郁的阴影。如果这时候回到家里，独自待在那间有点昏暗污脏的小房间里思考这个问题，是再恰当不过了。可以说可怕，但确切地说是一种恐怖的烦心的东西。他停下回家的脚步，改变方向，登上道路旁边的堤坝。这是位于这座城市中心的古城墙的部分废墟。他仿佛是一个心无芥蒂的人，在泛着青色的嫩草上慢慢行走，极力避开那件不愿意触碰的事，然而，遮蔽心头的阴影还是逐渐扩大。他停下脚步，伫立在青草上，然后坐下来，片刻后又仰面躺下去，极目远望湛蓝的天空——确切地说，紫色的天空——万里无云。他想，在这样春光明媚的日子里，竟然怀疑自己的妻子，这是多么可恨啊！自己究竟（他回想着）什么时候和妻子亲切交谈过呢？他觉得从搬到乡下居住以后、到搬回城市以来，两人几乎没有亲切谈过心。即使两人聊天，也是各说各的，没有交流。而且妻子每天早出晚归，尤其最近回来更晚，即使想交谈都没有时间。那么，自己什么时候又热切地思念过妻子呢？实际上，已经很长时间没有这样的心情了。不，最近甚至忘记了妻子的存在，只是一味想自己的工作以及与此相关的渚山的事情。她在外面，大概还有比丈夫更亲密的什么人——不知道此人是男还是女——花比与丈夫在一起更多的时间，和那个人谈论比与丈夫更多的话题。两人之间各有各的世界，当然，这本是很正常的。昨天之前——确切地说，在昨晚听到两种杂乱的脚步声之前，由于疑心的作用，可以说对一直忘在脑后的妻子猛然间重视起来，这是多么不合情理！就贞操的性质而言，它原本就不应该是某个人向另一个人要求的东西。它与一切礼物一样，只能是基于对方的好意给予的东西。她对我已经没有好感，不再把心灵最珍贵的礼物——贞操送给我，难道就可以因此责备什么人吗？强行获得别人的礼物难道不是错误的吗？能这样自由随意，莫如说怀着几分冷淡的心情思考这种事，难道不正是因为自己对她失去热情了吗？或者说现在仅仅是心存疑团，所以还能带着几分理智思考问题。没错，在事实没有暴露出来之前，我都无法估计自己对妻子还怀有多大的热情——就是说，我也冷淡到这种程度了。既然到了这个程度，我又有什么权利仅仅以"你是我的妻子"的事实为理由，强行要求得到她的贞操呢？要么就把自己的怀疑坦诚地告诉她，如果有什么事要请求她，那就诚恳地请求；如果已经对她失去了热情，那就作为朋友向她提出一些忠告，这样的做法应该最为妥当。忠告？什么样的忠告？他觉得一句话也没有。如果是人世间一般的大道理，不说也罢，她作为一个具有独立人格的人，这样的大道理应该明了于心。如果她要弃我而去，那就随她便吧。我也没有非要追求她不可的痴心。既然如此，就没有任何东西让自己如此苦恼。是因为爱恋吗？还是仅仅考虑到男人的名誉？感觉更接近后者。这样的话，如果现在恨她，那就不是因为背叛了自己的爱而憎恨，而是自己的名誉——世俗的名誉——受到损害，才对她产生的卑鄙的憎恨。她这样做，不仅损毁男人的名誉，不是也同时丢弃了作为妻子和女人的世俗的名誉吗？那么，她不顾女人应有的名誉，明知这样也会伤害她曾经爱过的男人的名誉，却偏偏还要这样做，其动机是什么呢？无疑是她心中产生了新的爱情——这么一想，他发现自己心中萌生出了嫉妒。不，这种嫉妒不是始于今日，很早以前他认为这个问题只是单纯的嫉妒，然而，这个实实在在的想法其实是自我作践，于是他拐弯抹角地做各种各样的猜测……他久久地专心致志地沉思这一件事。然而，他毕竟只是猜疑，如果将其视为问题，这些根本不能成为证据——最近回家很晚是因为她每天晚上都要和那个人一起散步，那件俗不可耐的红黑花格衣服是那个人喜欢的款式，卖掉房子是她与自己分手的事先准备……这一切难道不是他可耻的疑神疑鬼臆造出来的幻影吗？也许就是这样。他想起一件事：那是一个参加社会主义运动被捕入狱者给他讲述狱中的生活。很多囚徒怀疑在自己关押期间，妻子和别人私通，心情十分痛苦，还梦见这样的情景。在妻子前来探监的时候，竟然当面质问妻子。这种事情屡见不鲜。他想起这件事，心想自己这两三年也是过着有缺陷的生活，如同囚徒的生活一样，导致心灵产生缺陷。他觉得自己应该努力相信妻子，如果妻子背叛了自己对她的信任，那不是自己的耻辱，只是她一个人的耻辱。

他听着从堤坝下面经过的电车的隆隆声，在春色盎然的日子里，用了将近两个小时思考这件与明朗春光不相适宜的事。

绞尽脑汁，思来想去，最后做出的决定是：对妻子不提此事，冷静观察。除此之外别无他法，不论会发生怎样的事情，都静观其变。对于不知如何是好的人来说，唯一能做的就是敏锐地观察周围的情况，掌握确凿的信息。这样，一旦自己被逼到不得不说的境地，就可以根据平时的观察，按照时间顺序一条一条地罗列出来：你在某日某时某处有某种可疑之事，你在某时做了某事。他能做的也就是这个，但现在必须为此作准备。届时他就让对方知道，别看自己平时默不作声，但绝非一无所知，受其愚弄。他想到这里，发现自己不知不觉地对妻子采取这种攻击性的，又极其消极的方法，实在是可悲可鄙的行径。但是他继续想道，我并没有像侦探那样竭力搜寻她的活动信息，还是和过去一样，只是从日常生活耳闻目睹的事情中挑选自己关注的、有助于解开疑问的部分——他这样自我辩解，却根本无法说服自己。无论做什么事，妻子都显露出善良温厚的天性，她不会巧妙地伪装，很快就会露出尾巴。这么一想，他忽然觉得妻子可笑又可悲。如果这种心情占上风的话，也许他会对妻子说："喂，别以为我平时装作一无所知的样子，其实我监视着你呢。你要是干什么坏事的话，最好伪装得天衣无缝，免得被我看出来。"他像一个演员练习台词一样，在心里默默念叨这句话。但是，如果他真的对妻子说出口，恐怕既不是出于对她的爱，也不是出于对她的怜悯，仅仅是出于不敢正视现实这种怯懦、卑劣而苟且的考虑——我的的确确缺少现实主义者的坚强意志，即自己被送上断头台之际，能迈着平时坚定平稳的步子数着台阶往上走的那种精神。如果能透彻审视人生的一切，做到不惊慌、不悲伤、不为夸张和情感的迷雾所遮蔽，也许可以说本身就是一种解脱。"爱怎么样就怎么样，随它去吧！"——他这句叫喊只是带着自暴自弃的一种表达。"爱怎么样就怎么样"——不是走到哪里都有路。对他来说，所谓的爱怎么样就怎么样，只是意味着处处无路可走。——他对自己时而使用第一人称时而使用第三人称，这样思路常常豁然开朗，进入通衢大道，但又立刻穿过大道，拐进对妻子无端猜忌的昏暗小路，深陷其中。然而——他继续想下去——要是令自己痛苦烦恼的事情真的已经发生，那是从什么时候开始的呢？他追溯着最新的、其实已经变得模模糊糊的记忆，很自然地想起去剧场见大川秋帆那一天——在剧场的后台，妻子对他的态度似乎很冷淡。不，不是这样，那是妻子对自己在那样的环境里觉得不好意思而对他不理不睬的反应吧。他进入一个陌生的环境，很不习惯，未免慌手慌脚，感觉妻子对他没有多少的关心，不过也因为她快到上场的时间，的确很忙。疑邻盗斧，一切都是可疑的，如果那个时候事情已经发生，妻子就不会告诉他，秋帆对他态度不好是因为情人橘朱雀另有新欢的缘故。如果妻子做了问心有愧的事，即使是别人的事情，也会因为感到心虚，在不必要的时候说出来。但是，有一点他还是弄不明白。一般的人面对着做过与自己同样的事情的人的时候，会义正词严地加以批判，仿佛忘记了自己也做过一样的事。尽管这些理直气壮的言语恰恰都可以用在本人身上，却像是与自己毫无关联似的慷慨激昂——这可以说是平庸的人与多少有点教养的人之间的一个重大差别。这样的女人几乎从不会自我怀疑，也绝对不会良心发现。他的妻子也是这样，她严厉谴责朱雀，这不能成为她没有同样的污点的证据……他在脑子里构筑起一座黑色的建筑物，将其打碎，然后再构建，再打碎，翻来覆去，无休无止。

黑暗中，看来要被朱雀甩掉的秋帆那张僵硬的面容和焦躁不安的样子，重新浮现在他的眼前。

妻子还没有回来。即使回来，他也没有什么打算，所以不是在等她，可还是有点不放心。他划火柴点烟，借着火柴的亮光看了一眼枕边的闹钟。他觉得外面的钟响过十二点已经好长时间了，这个闹钟怎么才过了十五分多一点——他甚至怀疑：莫不是每天晚归的妻子为了装作回来不晚的假象，故意把闹钟的分针倒拨了？

他听见家里的响动声，从浅睡中醒来。从满是节孔和缝隙的木门照射进来的阳光看，时候应该不早了。他懒洋洋地伸手拉开枕边的拉门，厨房传来洗陶器的声音。妻子昨晚没有回来，大概刚刚回来吧。枕边的闹钟指向八点不到的时间。他懒得叫妻子，睁着眼睛躺在被窝里，感觉还没有完全醒过来，脑子发呆。但是他无法重新入睡，便点燃最后一根香烟，大概是睡眠不足的缘故，觉得头隐隐作痛。他故意不叫妻子，可是竟然对这种沉默莫名其妙地生起气来，而现在再让他说话，就更恼火。如果妻子知道他已经醒来却没有对他说一句话，他就不能不责备她。责备几句固然没什么，可是他不知道该对清晨才回来的妻子说出怎样的话语。既然找不到合适的语言，那就随口斥责几句吧，他这样思虑的时候，忽然意识到，要是这样的话，两人从大清早就要大吵大闹起来。对他说的话，妻子要么激烈地还嘴，要么哭哭啼啼，结果总要大吵一场——半年之前，两人还经常这样吵得不可开交，大概他对这种争吵逐渐失去兴趣和精力，现在非常害怕夫妻反目。因为他们开始吵架的时候，妻子的各种表情让他生出难以言喻的不愉快的情绪。她说话就像舞台上的道白一样，那些表情那些动作都令人感觉缺少发自内心的真诚，实在无法忍受。妻子当时的种种表情动作浮现在眼前，他内心异常明确地意识到自己是"演员的丈夫"——他还想到，这个素材倒是可以写进作品——然后将燃成灰烬的烟蒂扔进烟灰缸里。

　　妻子拿着放着炭火的火铲从厨房走进隔壁房间里。她要做什么呢？紧接着，他看见妻子身穿她母亲昨晚缝制的那件衣服。且不说穿在身上是否相配，只是感觉怪异，像一个陌生的女人。妻子看着火铲上的炭火，然后坐下来，把炭火添加到火盆里，目光落在火盆上，所以他看不见妻子带着怎样的眼神。

她好像刚刚发现似的，说道：

　　"哎呀，你已经醒了呀。"

　　他没有回答，过了一会儿才说道："还想抽一支烟"，然后把空烟盒揉成一团，扔到拉门下面，并没有显露出多少不满的样子。

　　"你用不着这么嘲笑我。你说一声，我去给你买来就是了。"

　　她的声音略显严厉，一边说一边出门买烟去。

　　后来两人都不说话，默默地吃完早餐。附近的钟声敲过十点，他忽然想起昨天夜里闹钟分针的事，便走到隔壁房间，从还没有收拾的床铺枕边拿起闹钟，放在碗柜上。一看时间，他简直怀疑自己的眼睛，距离十点只差不到五分钟。

　　妻子看着他把闹钟拿来，不知道怎么回事，瞥了一眼，说道：

　　"今天我不去了。"

　　妻子的声音很温柔。这表明刚才长时间的沉默给她造成了沉重的负担。这样，他就不能不说话了。

　　"为什么啊？"

　　"嗨，闹起来了——所以我事先说好今天不去了。"

　　他不知道剧团为什么事怎么闹起来的，但是没有打听。妻子对丈夫没有回应有点失望，但还是继续说下去："就是那个朱雀啊，她说不干了，要辞职。听那话好像要和秋帆分手。"他默默地听着，据妻子说，朱雀要离开剧团。这个剧团几乎就是靠朱雀一个人的名气给撑起来的，她要是离开，其他人自然而然会被秋帆解雇。其实秋帆早有预料，但还是希望大家抱成一团，哪怕是暂时的，也不愿意解散。这件事秋帆对谁也没说，昨晚散场后把大家留下来才公布。大家商量此事一直到深夜，所以都没回去，就睡在后台——妻子在向他解释昨晚没有回家的原因。他表现出对妻子的话没有多大兴趣的样子，双肘支在火盆上，专心致志地咬着大拇指指甲上的肉刺。

过了好大一会儿，他冷不丁说道："昨天晚上大家商量的结果是什么？"

"这个啊……"她稍一停顿，目光慢悠悠地打量丈夫的神色，语气唐突地说道，"我也不想干演员这一行了。"

她的态度和眼神都似乎在坦率地征求丈夫的意见，同时也带着试探的含义。

"你这是出于什么考虑？"

"据说辞职以后，剩下的人都去浅草。大家流落街头，所以秋帆把剩下的人卖给浅草的戏班老板。但是，我不想去浅草——这样偶尔待在家里，就哪儿也不想去，愿意一直在家里待着。"

他对妻子后半部分的话没有听进去，说道："你说不想去浅草，是不喜欢那种低级趣味的地方吧？那是太太们寻欢作乐的地方，你不想去可以理解。但是，演员的演技会因为舞台、观众这些外在因素不好而变得没有价值吗？如果我是你，又真正喜欢演戏，不论是浅草还是别的地方都会去。不管是低俗的戏剧还是别的戏，都会把它演得很出色。连新剧座原先不也充斥着低俗滑稽戏吗？说起来，只是演出的场所不行了，演出的质量并没有降下来——我觉得，郊外的小剧团里也有优秀的演员，怀才不遇者中也有才华横溢的人……我虽然这么说，但并没有说你该不该去浅草。我本来就不知道你究竟出于什么考虑又重新演戏的。不过，我并没有因为你演戏得到什么好处——何况靠你养活、向你要钱，对于我来说实在非常难受。不管你怎么想，戏剧终究是你的爱好。你说是给自己挣钱过日子，但从我这里拿走的零花钱也相当多，所以你演不演戏结果都一样。我丝毫没有逼着你当演员的想法，当然，也丝毫没有不让你当演员的想法。哈哈哈……"他说完笑起来，感到妻子的目光一直在注视自己，便补充道，"我只是想说，你认为以前的那个小剧场好，不喜欢浅草，这个想法不周到也不纯粹。你不愿意干的话，就不干好了。"

她有点话中带刺地说道：

"你一点儿也不像个商量的样子。"

"这不是在商量吗？我怎么都行。我不是说了吗？你喜欢怎么样就怎么样。"

"是吗？不过，女人有时候希望得到明确的命令。"

"是这样。这可以称得上哲学了——但是，不对别人发号施令，也不服从别人的命令，这是我一贯的哲学思想。"他声音平静，确切地说，像是在说一件愉快的事情。妻子彻底沉默下来，但是过了一会儿，她又找到了新的话题：

"你上妈妈那儿去了？"

"去了。昨天。看到她（他用下巴示意她身上的衣服）正给你缝制这件衣服呢。"

"……商量什么事了？"

"就是从这里搬出去的事。一切悉听尊便。大家说这样好就这么办。问我怎么办，我什么也不知道。"

"你不同意吗？"

"不是不同意。大家说这样子好，不就行吗？"

"不是大家说好。你这人真怪，得是你说这样子好……"

"是吗？那要是我说的话，我怎么都行。"

妻子半是自言自语般嘟囔道："瞧你……一点儿也不像个商量的样子，怪不得妈都不愿意和你说话。"

于是，他改变刚才自己都不知道是开玩笑还是一本正经的语调，干巴巴地说道："已经谈妥了。你妈妈很快就会来的，她说明天就想过来帮忙收拾东西。我也希望搬家以后有一个好心情，可是我非常讨厌搬家——在我还不熟悉新的环境的时候，你们多关照一下。把狗和老婆都寄放在你的娘家，我一个人住出租房，那就自由自在了吧。"他感觉刚才挖苦的话里带着儿分自嘲，便站起来说，"都十一点了？哦，我出去散会儿步。"

"散步？是遛狗吗？"

"今天不想。"

"要去很远的地方吗？"

"说不好。大概去河边的堤坝上躺一躺，这么好的天气。"

"你真坏，去那个地方，还不如在家里待着呢——人家今天就在家里待着。"

"我倒是觉得，既然有人看家，我正好出去遛一遛。"

他的朋友、他的妻子都说他这个人平时说话净是连讽带刺。其实，他不会直爽地说话，这是他不幸的性格。当他心中涌现出和别人一样的美好感情时，却找不到合适的词语表达，而发泄不快的情绪时，连自己都没有意识到，便满嘴大道理滔滔不绝。因此甚至有朋友把原本多愁善感的他视为一个"超人"。但是，这只能使原本产生于孤独之心的性格变得更加孤独。尤其是今天从他嘴里吐出来的每一句话，连他自己都觉得很不愉快。只要面对妻子，这样的话似乎憋不住，何况今天他想一个人待着。妻子看着他取下帽子，也许是心理作用，他觉得妻子眼含泪花，也说不定只是因为她昨天晚上睡眠不足吧。

出了家门，却不知去哪里。忽然想起渚山上家里来总是说去图书馆顺道过来的，于是想去图书馆继续看那本刚开始阅读的《安娜·卡列尼娜》。可是一想到那厚厚的大部头书，心里就开始厌烦。他脑子里想着图书馆的时候，脚步却条件反射地朝着另一个方向走去，自然而然地走到有一次抓住那个欺负长相难看的雷欧的回收酒桶的酒店小伙计衣领的广场——这一路上他想的还是妻子的事。妻子一个人在家里会不会伤心哭泣？如果这是出于反抗他的心情，那还好说，但如果妻子怀着害怕的心情等待他回去，而一见他回家就突然说"原谅我吧，都是我不好"之类的话，那该怎么办？这么一想，他都害怕回家了。可是一转念，也许妻子既没有哭哭唧唧，也没有苦恼沉思，而是为了弥补昨晚的睡眠，钻到他刚才睡过的被窝里正舒舒服服地睡大觉呢……自己真是傻得可以。不论什么事，只要不发生，自己看不见，所有的设想都是多余的——当然，如果是愉快的设想，那另当别论。他在心里这样告诉自己，信步而行，偶然走到一条石凳旁边坐下来。环视四周，这一带的樱树的蓓蕾都饱满鼓胀，整条树枝呈现淡红色，猛然想起妻子刚才说的"女人有时候希望得到明确的命令"这句话。说得真好……但感觉不像她想出来的话，应该是某出戏里的台词吧……怎么又开始想这事了，他从条凳上站起来，从广场沿着宽阔的坡道一直向大街方向走下去。他穿着棉袄，暖和的阳光照在后背，连平时怕冷的他都感觉有点热。他无聊地随意溜达，电车道两旁的旧书店鳞次栉比，他漫无目的地逛着。心想如果在哪家旧书店遇见那个小伙计，向他打听一下是否知道渚山的消息。

在一家旧书店前，他看见一本前拉斐尔派①的难得的画集，正翻开阅览的时候，随着一声有力而粗犷的"嘿！"，一只手落在他的肩膀上。回头一看，眼前的胖男子原来是三年未见的老朋友久能。久能说今年无论如何要完成毕业论文，就来这里找找参考书。久能邀请他去附近的咖啡馆，他露出给人添麻烦的表情，但还是跟在了这个热情的朋友后面。

　　"你怎么啦？脸色很不好啊。"

　　"是吗？大概没睡好吧。"

　　"还是神经衰弱吗？哈哈哈……"

　　久能还是老样子，快活地摇晃着魁梧的身子，无聊地放声大笑。好像在这样的笑声中，他的神经衰弱可以被一阵风吹走。他走在后面，看不见久能的笑脸，但那种表情历历在目。不知道哪个朋友给久能起了个外号"西乡隆盛"②，可是他与西乡的性格截然相反——他已经很长时间没有想起久能了，今天不期而遇，不禁羡慕起久能的性格。

　　他新搬的住房，正如岳母所言，的确离妻子的娘家不到

---

①亦称前拉斐尔兄弟会，1848 年诞生的艺术团体，活跃于英国的维多利亚王朝。19 世纪西方美术领域的重要流派，与印象派并列，对后来的象征主义美术产生巨大影响。
②西乡隆盛（1828—1877），江户时代末期的萨摩藩武士、政治家，和木户孝允、大久保利通并称"维新三杰"。据说身高 1.81 米，体重 108 公斤，这里用来比喻久能的肥胖。

一町。这间屋子朝南的整面墙镶着低矮的玻璃拉窗。这玻璃不是毛玻璃,而且上面也没有糊窗纸,这样一来,太阳从短浅的屋檐滑下来,直射在房间的榻榻米上,几乎没有一点阴影。上了年纪的房东带他走进房子的时候说道:"这间房子非常暖和,说实在话,冬天真不想出租,我自己住。"这房间的确适合过冬。可现在已经四月,大概不会说不想出租之类的话。在这屋子里,仿佛整天都在做日光浴。他原本非常渴望阳光,可住进来三天时间,浸泡在阳光的洪水中,感觉整个脑子都要发疯。不,已经发疯了。疯到不可思议的程度。他的大脑、他的身子在这间屋子里变得筋疲力尽、松弛慵懒,什么艺术、什么人生,脑子里根本不存在这类问题,那取而代之思考的是什么呢?什么也没有,空空如也。晚上十点左右就发困,第二天中午才起床。以前是苦于睡不着觉,现在这样贪睡却实为少见。中午醒过来,早饭和中饭混在一起吃——对饭菜的味道好坏没有感觉,只是填肚子而已。因为不愿意有人来,就把放有碗筷等的食案放在走廊上,回到房间里,从已经叠好的被窝里拿出枕头扔在榻榻米上,再懒洋洋地躺下去。不像睡也不像醒,半睡半醒之间,心想自己现在就和狗晒太阳时的心情一样吧,世上竟然有如此虚无的东西吗?接着继续想到平时所思——文学这玩意儿与恋爱很相似,都是一种发烧的病症,这种发烧症会在不知不觉间自行痊愈。要是这样的话,他觉得有点不安,可是他不像以前那样神经质地深入追究和思考这些问题，那心情是否就轻松一点呢？当然绝无可能，就好像长年的沼泽，一潭死水即将腐烂，不时从水底扑哧扑哧冒出些许气泡——这也是神经衰弱的一种征兆吧。他很惊疑，不知道气候和住房竟会如此改变一个人的精神状态。但是，一泓死水底下依然潜藏着不安的水流。不过这已经不再是昨天还在运用睿智不断构筑再不断打碎的物体，取而代之的是肩膀的僵硬酸痛、龋齿的隐隐作痛、吃得太饱后胃部的不舒服。尽管是隐然之痛，却总是缠绕于身，始终不肯离去。让他苦恼的一件小事是抵押乡下那块地皮借钱的事——他不得不自己推进这件事。虽然事情不大，但是他在处理事务方面没有任何经验和才能，为此不得不和素不相识的人打交道。虽然不知道具体日期，但一想到时间逐渐逼近，他就不由自主地惊慌失措，兴趣索然。想到这件事，他就给自己鼓气："你不是说只要对方录用，就要去当新闻记者吗？怎么连这么点小事都不能迅速搞定？"于是想起前些日子偶然遇见时，久能说的一番话，他的思绪就在这里打转。

当久能得知他境遇困顿时，说某一家大报社有自己认识的人，那人说不论是否大学毕业，都可以进来工作。虽然久能也在求职，但从现在的生活状态来说，心情并不迫切，于是对他说自己的工作继续慢慢找，想把他推荐给那家报社的熟人，还说打算这四五天和那个熟人见面商量此事。现在已经过了一周，久能那边还没有消息，他心想可能没戏了，但还是希望久能好歹寄一张明信片给自己。所谓的"只要对方录用……"说的就是这件事。

　　各种各样的不安中，最严重的不安自然是妻子的事情。他对妻子的事情默不作声、置之不理，但是她还是去了浅草小剧场，每天从娘家去上班。

　　"虽然分开住，但离得很近，上下班的时候我一定过来看你……"

　　话虽这么说，但这一个星期就来过两次。第一次是他搬过来的第二天早晨，他还在睡觉，她走进来，说了一句"这房间不错嘛，在这儿可以静下心来做点什么吧"，说完就出去了。他还没有完全醒过来，只感觉在梦中听见一种令他心神不定的声音，等睁开眼睛，早就没了人影。

　　第二次是夜间很晚过来的，他已经睡下了，她坐在他枕边，唠唠叨叨地说：浅草的小剧场和新剧座不同，午场、夜场都要演出，早晨九点就要进后台，困得不行。从家里到浅草需要一个多小时，所以晚上回到家里的时候就很晚，没时间来看你……说完这些话，接着忽然问道："你认识吉泽这个人吗？吉泽驹太郎。"

　　他说不认识这种听名字就庸俗不堪的人，可又按捺不住好奇心，便问是怎么回事。妻子说，那个吉泽是浅草小剧场的经理，据吉泽说，自己在当学生的时候，曾寄宿在吉泽家里半年多——这么一说，他想起来，五六年前他的确曾在一个名叫吉泽的人家里寄宿过。那家里有一个十六岁左右的姑娘，她母亲死乞白赖地要把这个女儿嫁给从九州来的颇为富裕的学生。他寄宿的那户人家就是吉泽，当时这个吉泽就已经开始从事戏剧、大道具之类的行业……

"是大阪人吗？"

"是啊，大阪人。一说，还真是这么回事。人说这世界真小，果然不错。"

"所以说做不得坏事。"他依然头枕胳膊，眼神犀利地看着妻子。

她面不改色，表情纹丝不变，停顿片刻又说道："以后你就不要到剧场后台来了。经理对我打过招呼，说对你过去的情况很熟悉，也认识你父亲，说你是一个出身名门的少爷——我看就差没说名门少爷跟浅草的戏子之流搞到一起去……"

"实际情况就是这样嘛。"

"反正你不要去剧场的后台。你应该也不愿意见吉泽这个人吧？"

"我又没干过对不起吉泽的事，怕什么啊——我觉得见见面也可以嘛。"其实他心里不想见，但嘴上故意这么说。他从来就不喜欢去剧场后台，现在更不会说想去，可是妻子为什么一而再再而三地叮嘱他不要去呢？他心生疑窦，一个想法立即浮上心头，那就是妻子的丑事现在已经在剧团里传开了。如果他去剧场后台，自然会听到一些暗示性的闲言碎语，妻子担心的就是这个。既然戏班里已经议论纷纷，就不会不涉及她的丈夫，这样吉泽就知道她丈夫的名字……

"你没事干吗把老公的名字告诉经理啊？"

"不是我说的，不知道哪一个多嘴多舌……"

肯定是这样。一定就是这样。果然不出自己所料。他心里这么想，但嘴上不说，继续往下思考，但是思路不知不觉地发生变化，想到吉泽家的那个姑娘——记得名叫阿雪——和那个有钱的九州学生，在漫长的寒冬之夜，一点过后还在隔壁的房间里窃窃私语。这个阿雪长得并不漂亮，但皮肤白皙，身材丰腴，看上去天真单纯——实际上，他隔壁的那个学生当时大概也焦急难耐吧……

沉默片刻之后，她说"都十二点半了吧，我回去了"，然后站起来。

他依然枕着胳膊，抬眼盯着妻子，目送着她拉开拉门出去的身姿，苦恼的眼神像看着一件依恋不舍的东西，就在她关上拉门的瞬间，他用干渴的声音轻轻"喂"了一声，招呼妻子。妻子把还没有全部关上的拉门重新拉开，但没有进屋，而是站在外廊上。

"什么事？"

他不满妻子不进屋，有点慌乱地说道："不，没什么。"紧接着，语气突然变得恶狠狠的。"你很忙，用不着这么匆匆忙忙跑来看我。"他起先并不是想说这话，但说出来却完全有违初衷，然后不胜其烦地拧动开关，熄灭枕边的电灯。她一言不发地走了。他从黑暗的房间角落里透过没有安遮阳罩的窗玻璃注视着春天不太明亮的星群，品味着虽有妻子却独身一人的落寞。

一天，房东老太婆来到他的房间，用一种对性格阴郁、沉默寡言的人提心吊胆的语调告诉他："有客人来找。"客人？有客人来找他？什么人有什么事来找他呢？应该没有人来找自己，也不会有人知道自己住在这个地方。

"是来找我的吗？不会找错人了吧？"

"不是的。的确说是来找您。"

"什么样的人啊？"

"很年轻。比您还年轻……"

"嗯？"

"穿着西服，很精神的。"

会是谁呢？这个疑问刹那之间让他胆战心惊，妻子的事情猛然跃上心头，"很年轻——比您还年轻。穿着西服，很精神的"，他的直觉告诉他，此人肯定与妻子有关！

"是吗？那我就去看看吧。"

他的声音显然带着下定决心般的态度，大踏步走下台阶，看着玄关口的那个男人——身穿蓝色风衣的青年人，背对自己蹲在地上。那个人刚把鞋子脱下来，听见身后的脚步声，把还蹲着的身体扭过来，对着他的方向"呀！"了一声算是打招呼，然后站起来。

"怎么是你啊！干吗也不通报一声名字？"

他不客气地责备弟弟，然后大踏步地回到屋子里。弟弟生怕被甩在后面似的，也急急忙忙跟着他进了房间。一进屋里，弟弟的目光在墙壁的上半端滴溜溜地转了一圈，立刻发现柱子上有一颗钉子，便把自己的帽子挂在上面。那是一顶青灰色的轻便的新礼帽。坐下来的时候也是小心翼翼，生怕那条新裤子的膝盖出现褶皱，虽然看见哥哥对自己的举止很不高兴，但认为这是哥哥的老脾气，也没放在心上。可是，那一天他的心情真的很坏。他对妻子的猜疑和担心，已经达到比敏感更厉害的过敏的程度，哪怕一点点极其细微的事情都会刺激他蹦起来——当他意识到这几乎是一种病态时，涌现出一种说不上羞耻还是愤怒的心情，却因为无处发泄，只好在自己的内心纠缠折腾，他想到今天见到久未相见的弟弟，却无法说明自己的心情为什么如此之坏，这更让他心绪败坏。而且，看到弟弟这一身挺括的新衣服，更是气不打一处来。这时候，刚才的房东老太婆端着茶水、拿着坐垫走进来，这个上年纪的女人客气地对弟弟打招呼，弟弟竟然热情可亲地回答说"哥哥在这里承蒙关照……"，这让他心情极为别扭。弟弟善于交际，人缘很好，不像哥哥那样孤独，而且弟弟天性平和，对上学没有任何不满，因此得到父母亲的爱护，始终保持着青年绅士的风度气派。

弟弟年轻单纯，没有意识到哥哥正想着多么扭曲难堪的事情，所以还是像往常那样，用柔和的声调把到这里的过程叙述一遍，原来先去的是以前的家，那边空无一人，心想去嫂嫂的娘家打听一下便可知道，最后经指点才来到这里。弟弟略一停顿，说道：

"是这样的……我来是想问你有没有森鸥外博士翻译的《街头之子》①，这本书——父亲说想看，让我来找——说起来有点不可思议，前些日子，有一个新剧团到我们乡下的家那里举办巡回演出，上演的就是这出戏。都二十多年没看戏的母亲也被人动员着去观看，回来就把故事情节讲给父亲听，说戏剧里的那个儿子简直和哥哥一样，怪不得剧中那个父亲怒不可遏。父亲说这本书都写了什么，他想看看，就给我来信，问我这是一

_____
①德国小说家、剧作家施密特波恩（1876—1952）创作的剧本，他的作品还有《生于河畔》《浪子》等。

本什么样的书。"

"噢，说的是一个不听父亲话的儿子沦为乞丐，带着老婆孩子重返先前离家出走的家乡，结果和父亲争吵起来——目前只是在杂志上连载，还没成书呢。"

他就回答这么几句，弟弟听到他有点急促的语调，这才意识到今天他的情绪非常糟糕，还以为是谈到《街头之子》这本书引起的。弟弟从口袋里取出雪茄烟盒，将烟卷插进烟斗，慢慢地喷烟吐雾，对着再等下去恐怕也不会开口的哥哥说道：

"今天晚上我本想回家一趟。"接下去像是自言自语又像是辩解般补充道，"本来打算休息的时候立即回去，可一直拖下来……"

他只是"唔"了一声，也没问为什么回去。

"有什么要跟家里人说的吗？"

"嗯，什么也没有。你就说我咎由自取，境遇越来越穷困潦倒，很快就会像《街头之子》里那个儿子那样，成为乞丐。"

弟弟没有应答，一边说"那我走了，再见"，一边站起来，轻轻掸了掸裤子膝盖的地方，从柱子的钉子上取下那顶礼帽，仔仔细细地戴好。他还是躺卧着目送弟弟出去，突然爬起来送到玄关，从背后看着弟弟正在系高勒红皮鞋的鞋带，心想自己搬家的事，对弟弟都没寄一封明信片通知，而今天从三田那么远特地赶来找他，而自己的态度那么冷漠简慢，太不应该了，于是语气缓和地说道：

"哦，你什么时候还过来？"

他的冷淡态度似乎终于在弟弟心里有了回应，弟弟生硬地
回答道：

"说不好。我也没时间——再见。"

出来送行的房东老太婆见他无精打采地呆呆看着弟弟离去，
便问道：

"他是您弟弟吧？"

"是啊。怎么啦？"

他的回答流露出愠怒的声调，吓得老太婆目瞪口呆。他眼
角扫了她一下，回到自己的房间。他觉得一切都不痛快不顺畅，
像被父亲、母亲、弟弟，乃至房东老太婆——所有的人——抛
弃一样，心情变得极为不安、寂寞、孤独，甚至也不像平时那
样躺下去，而是端端正正地坐在桌前陷入长久的沉思。

在这种勉勉强强维持的不好不坏的日子里，江森渚山的影
子在他的心里逐渐淡薄，如今几乎想不起来。以前几乎每天来
访的朋友，这三个月不知何故一次也没有露面，即使偶尔想起
来，顶多也只是"还和以前那样凑合活着吧"的感觉。他固然
是一个自我主义者，更重要的是他在生活中缺少一个充满温情
的人必需的心灵余地。"那个人现在怎么样了？"当他满怀关

切地想起一个朋友的时候，首先他本人的生活要幸福。然而我们的主人公，正如我们所知道的那样，绝不是一个幸福的人，当然，他也不至于面临悲惨或者悲壮的处境。死抱着一个生活信条——哪怕是毫无价值的信条——并将此贯彻终生的人，根本就是无法同情的好逸恶劳者。这种人不相信自己，也不相信别人，只是心情焦躁、形影相吊，最终一直注视自己内心的各个角落，却不知如何是好，已经没有丝毫振作起来的毅力。对于他来说，生活已经成为一种半睡半醒的梦幻——经常会做这样的梦：明明知道会掉进河里，但在梦中还是一个劲儿向河边走去。人生就像这样的梦魇压在他身上，毫无自我意志、随心所欲的生活趴在他身上缓缓地蠕动。这种令人不安、令人不快的怪物很快就会解决吧——而这样的期待如今更没有指望了，心想自暴自弃到来的时候也许会好一些，在一直忍耐的过程中，为噩梦苦恼的人仅仅为了当下每时每刻的生存，也必须尽力在一瞬间把过去完全掩埋，因此他根本不再去想什么江森渚山。就在这个时候，旧书店的小伙计突然给他带来渚山病重住院的消息。就是那个他居住在幽灵坂的时候，经常来找他大谈艺术和思想问题的在旧书店工作的小伙计。

渚山做事循规蹈矩，哪怕是有一点小事，例如搬家、小旅行之类，也总是寄明信片告诉他。这次病到不得不住进一家基督教医院的程度，渚山从医院给他在幽灵坂的家里寄去了明信片。但是，他心想不会有人找他，也不会有邮件，其实不如说他想回避所有人，因此从幽灵坂搬家以后，就没有把新地址通知什么人。这样，渚山的明信片就被退回去了。这次小伙计带来的明信片装在一个信封里，渚山把退回来的明信片上的收信人地址划掉，重新写上他妻子娘家的地址，托付小伙计送信的时候，还说"你顺便打听一下他现在的地址"。小伙计对他说："渚山把这张明信片装在信封里，寄到我的店里来了"。

这个小伙计——其实已经是一个青年了——用谈论朋友那样的语气讲述渚山的事情。听了这个小伙计的讲述，他十分清楚渚山后来的情况。渚山先前给儿童书籍写了一部分惊心动魄的海盗故事的稿件，通过这个小伙计拿到稿酬。小伙计也是通过在一家书店当掌柜的朋友，从一个打算作为副业出版儿童书的人那里预支到二十日元稿酬，给了渚山。可是渚山的海盗故事后来没有继续供稿。

"渚山的稿子一共写了多少张？"

"不到五十页。"小伙计说，"但是渚山说无论如何需要钱，所以我没有办法，只好硬着头皮求朋友用这不到五十页的稿子预支二十日元的稿酬。可是啊，后来渚山先生就再也没给一字半行了。那个给钱的朋友其实年龄和我差不多，攒了四五百日元，本来打算拿这笔钱做本金投资出版儿童书赚一笔，又不会体谅文人的心态，为这二十日元的事唠叨个没完没了。我夹在中间，左右为难，经常跑到渚山那儿玩，实际上是催稿。弄得渚山也十分不好意思，可就是一行字也不写。写不出稿子，并不是因为外面工作忙。什么时候去，什么时候见他钻在被窝里，稿纸和笔就放在枕边，一旁还放着以前写的稿子或者已经发表的部分作品，渚山在重读这些东西。房间很昏暗。我一看，心就软了……对了，渚山还有夏目漱石给他的信。渚山大概曾拿着自己的稿子上夏目漱石家里讨教吧。"

"那是过去的事。这事我知道。"一想到渚山拿这件事向一个小伙计炫耀，痛苦和愤怒顿时涌上心头，奇怪地纠结缠绕在一起。一想到这种情绪别人无法感同身受，就不由自主地厉声吼叫起来。但是他为自己的语气感到害怕，立即缓和下来，像自言自语般温和地问道："是谁帮着把渚山送到医院去的？哦，他的病很严重吗？"

他询问的事，没想到这个小伙计竟然知道得清清楚楚。这个小伙子似乎对自己的无所不知很自豪，于是搬出看家本领，口若悬河地大谈起来。原来在这三个月的时间里，这个小伙计和渚山的关系发展得非常密切，怪不得像谈论老朋友似的什么都知道。渚山的朋友肯定不少，这些朋友也不讨厌渚山，但大家都为各自的生活忙忙碌碌，谁也没有时间去渚山家里玩。而渚山此时似乎已经无法出门走动，也只有这个小伙计像讨债的人一样上门催稿。这个旧书店的小伙计虽然有点自命不凡、自吹自擂，但为人还算热心，渚山求他办的事，都会答应，甚至还给渚山替换穿脏的睡衣。病到这个程度，渚山觉得，与其继续麻烦一直以来添过很多麻烦的老朋友，还不如让这个新结交的朋友照顾自己，心里更好受一些。

　　渚山不露面以后，看来总是卧病在床。终于有一天早晨，腰根本直不起来了，一个人上不了厕所。渚山不停地呻吟，只能靠房东夫妇以及住在隔壁的兵工厂工人背着上厕所。虽然疼痛不是很厉害，但身体不能自由动弹，心里着急。房东曾苦笑着对小伙计说"渚山有时候像小孩子一样说话任性"，流露出为难的样子。虽然没有明说，听那口气是希望渚山尽快搬出去。渚山肯定觉得这样待下去也不是办法，于是委托一个牧师朋友——不知道他们的亲密程度如何——联系筑地的 S·L 医院，决定住进去。当天小伙计碰巧也在场，知道这件事。并且在渚山住院那一天，打算前去探望，就在医院等待渚山的到来。当渚山坐的人力车到达医院的时候，小伙计出去迎接，一看还有一个大约四十岁的人一起来。这个人就是把渚山介绍到医院里来的牧师。

　　"那个牧师……"小伙计说道，"大概感觉我是渚山的亲密朋友，很多重要的事情都和我商量。我一时束手无策，真不知如何是好，心想就是因为自己多管闲事，才无端受到连累。医生把我们、就是我和那个牧师叫到别的房间，商量道：'本院收容免费患者不能超过两个月，但那位患者无望在两个月内治愈，也不会死去。病已经拖了很长时间，脊椎都受到损伤，现在无法治愈。请你们考虑一下两个月以后怎么办。'牧师回答说，这个渚山没有亲人。和医生一起在场的办事员说：'这样的话，这两个月先在这里，然后我们视情况送其去养育院吧……也有类似的先例。'"他不由得插嘴："养育院？"倚靠在桌子边的他停下在纸上乱涂乱画毫无意义的线条的手，抬头看着小伙计的脸。他似乎为"养育院"这个词十分感动。但这感动与发自同情的情感截然不同，而是一种对出乎意外，却又展开得极其自然合理的故事的惊叹，或者说是小孩子看到罕见东西时那种瞪大眼睛的感动。但是，对方根本没有注意到他的样子，继续说道：

"你知道渚山多大年龄？"

"三十五六吧。"

"嗯，是吧。他对我也说三十六。其实呢，真实年龄是三十八岁。这个人啊，隐瞒两岁——医生问他的年龄，他躺在床上张皇失措地像蚊子叫一样小声说'三十八、三十八'。"

渚山仅仅隐瞒了两岁年龄，这倒是个有趣的发现，但是他听后，并没有发出爽朗的笑声。他在刚才随手乱涂的那张纸的空白处异常认真地用英文花体写罗马字，同时觉得索然无味，心情逐渐郁闷沉重起来……

他刚搬到这里的时候，还时常到妻子的娘家去看望养在那边的两条狗，算是一种慰藉吧。他很想念它们。可是后来就不经常过去了。从乡下回到城市以后，爱狗的那种闲情逸致，尤其在现在这样的状态下的确在减少。但是，他不去看望狗还有更大的原因，这也说明他一直都非常喜欢狗——一回去看望狗，岳母大概因为春天转暖的缘故，有点歇斯底里发作，抓住他倾吐一肚子的牢骚话。他总是左耳进右耳出，当作耳旁风。每当回去的时候，两条狗总是欢快地在后面紧追不舍。如果自己心情舒畅，也许会有心情和这两条天真可爱的东西一起散步，但现在有一种无形的重负笼罩在他身上，所以只是回头看了一眼两条爱犬。它们送他回到出租房，他打开门口的玻璃门，它们带着惊讶的表情望着。他感觉那两双眼睛会说话，诉说着与主人分居的悲哀。狗虽然看到他进了房间，却还是不走，坐在他房间的门口不肯离去。他透过毛玻璃看见它们的黑影子，也是放心不下，便打开刚才关上的玻璃门，挥手示意它们立即回去，两条狗却摇着尾巴跳起来。它们站起来做出回去的姿势，但看到主人并不出门，一直盯着主人的脸，在刚才的地方一屁股坐下来。他不再赶它们走，心想要是看不见他的身影，它们过一会儿自然就会回去，于是把玻璃门关紧，遮挡自己的身影。但还是放心不下，站到土间，透过玻璃注视这两个绰约的黑影。

但是，他顾虑两条狗直直地站着可能会引起房东的怀疑，便狠狠心回到自己的房间。但是，他还是挂念着它们在门口等待，不到五分钟，就走下楼梯向外张望，只见它们的影子还是一动不动地坐着。等他第三次去张望时，它们好像终于回去了。

这两条狗就是这样，总是随着他来到住处，一直等待着，最后何等地失望，无精打采地回去。狗这种动物有多么不可思议的本能，如此忠实眷恋着主人——他这么一想，一种难以言状的悲伤袭上心头，自己不值得它们如此的信赖，受之有愧。他不愿意让狗送他回家，还在外面等待他，同时对岳母的牢骚抱怨十分厌烦，这种种原因令他难以忍受，所以不像以前那样随意抚摸狗的脑袋。

一天晚上，妻子比较早地——说比较早，其实也是在十一点以后——突然来到他的住处，一边进房间一边说道：

"昨天，深川那边来人，把弗拉德带走了。"

"什么？"妻子的话有点猝不及防，他问道："深川怎么回事——什么时候答应把狗送到那儿去的啊？"

妻子回答的意思是：感觉他最近对狗已经不像以前那么热心，甚至感到厌烦，而且把两条照顾起来十分费事的狗竟然都扔给本就很忙的母亲，母亲根本管不过来。而且他也说过，要是有人要，可以送给人一条。听妻子这么一说，他觉得岳母一个人是对付不了两条狗的，可嘴上还是说道：

"话是这么说，可是我并没有明说啊。再说了，既然有人要，你们也不和我商量，为什么随随便便地把我放在那儿的东西给人？"

"那也是你不好。"妻子回应道，"你根本就不上我娘家去。本来说好的，有事过去商量，可是你就是不去。母亲让我过来和你商量，可是我这么忙，哪有时间啊。昨天人家带着箱子和车子来了，所以就送给他们了。"

"那昨天怎么不和我商量啊？"

"人家一大早就过来，你肯定还在睡大觉呢……送人不行吗？"

"这不是行不行的问题，我是说为什么把我寄放在你家的东西像自己家的一样，连一声招呼都不打随随便便地送给别人。照顾两条狗的确很费事。这从一开始就知道。既然你们同意收下来，应该明白的啊。现在又说很费事，很麻烦，一句商量的话都没有就送人了。这样做合适吗？要送人也可以，我只是想在把它送人前亲自给它一碗饭吃。嘿嘿嘿……"他发现自己的笑声有点怪，这声音仿佛在挤压内心的某种情绪。不知道妻子是否注意到了他这种歇斯底里般的笑声，说道：

"瞧你笑得这无聊的样子。"

他差一点脱口而出"混蛋"，但看着妻子演戏一样说出这句令人厌恶的话，以及她瞥向自己的那种眼神，不知为何，发现她似乎泪光闪烁，于是想呵斥妻子的怒气顿时化为乌有。当然，焦躁的心情并没有立即消除，所以他沉默下来，没有说话，甚至也不想寻找新的话题。他以前有时候特别喜欢说话，但最近变得不愿意开口。他看着莫名其妙哭起来的妻子，只是感觉有点害怕，心里浮现出那田园的景色。他想起自己和弗拉德在田园中一起散步的情景。

"好了。"他忽然用温柔的语调自言自语般说道，"我以后的日子还不知道怎么漂泊不定呢，狗在身边虽然很可爱，却也很累赘。既然要送人，还是早点送的好——过一阵子，我去深川看一眼弗拉德。"

这样温柔的话语也许在他心中产生作用，一种少有的柔和心情顿时源源不断地翻腾涌现。他虽然感觉到这种心情的变化，却还是沉默不语。

第三天早晨，他还在睡觉，忽然感觉有人闯进来。

"峰雄、峰雄……"叫着他名字进来的是岳母。她非常激动的样子，"快起来！你来看看！弗拉德回来了。它自己回来的。"他一问，原来弗拉德今天早晨在大约三十分钟前独自回来了，脖子上挂着被它咬断的半截链子，链子上和身上都是泥水，慢吞吞从栅栏门进来，吓了一大跳。那样子太惨了，便给它饭吃，它狼吞虎咽地吃完平时的分量，再给它一碗，又一口气吃完，然后围着她绕了几圈，还走上厨房的地板间，最后走到门口的老地方躺下来呼呼大睡。雷欧见弗拉德回来了，也走过来和它并排躺在一起睡觉。她出门的时候，它们都没有像往常那样跟在后面——她说："它太可怜了，就是想让你去看看，所以过来叫醒你。"他这个岳母有点歇斯底里，绝对算不上文雅，但非常单纯，原本就喜欢动物，这条狗如此眷恋自己的家，这让她高兴得像一个天真的少女，所以跑过来催促他赶紧起床去看看弗拉德。

岳母说弗拉德回来的时候浑身都是泥水，他出门一看，道路十分泥泞。雨后的泥路在上午十点的阳光照耀下闪闪发亮。他想起来，昨天下了一场雨，入夜后又刮起樱花时节常有的大风。在这样的天气里，浑身湿漉漉的弗拉德从深川跑到这里——说起来，就是从这座大城市的这一头跑到那一头——在这么远的陌生道路上辛苦寻觅辨认着一路过来，脖子上还拽着妨碍行走的半截链子（不知道是什么样的链子）。弗拉德在乡下长大，害怕人群的嘈杂，随时都受到行人、各种各样的车子或者比它更强悍的狗的威胁，不知道它什么时候从深川逃出来的，但不论白天还是黑夜，它肯定一路上都把那尖鼻子贴近地面，在陌生的土地上迷路、探寻、摸索，坚持不懈地顽强走回来——这个形象、这个心情……他走出出租屋，一看到这泥泞不堪的道路，就能想象弗拉德一路的艰辛。当他们快到家时，雷欧听见说话声，跑出来迎接，却不见弗拉德。走到栅栏门前，看见弗拉德那健硕的身躯横躺在门口的太阳底下，像死去一般沉沉入睡。它的身边果然有两个舔得一干二净不剩米粒的大盘子。岳母想叫醒弗拉德，被他制止。他蹲下身子，目不转睛地凝视着它，然后伸手轻轻抚摸它的肩膀。弗拉德带着一种野兽般的狡黠，眼睛睁开一道缝，看见抚摸自己的人原来是自己的主人，立即睁大眼睛，歪着头不停地舔他的手。它的身子爬起来一半，他觉得这样不舒服，就把它按下去，像刚才那样躺着，然后把手放在它的嘴边，让它舔。弗拉德躺着摇动尾巴，从地面扫起一阵尘土。

"这家伙真滑头，知道辛苦，不起来。"

岳母的话充满怜爱的心情。弗拉德不再摇尾巴，又沉睡过去，他默默地注视着累成这个样子的弗拉德。

已经有几十天没有写东西了，当天晚上，他文思涌动，想写一篇名为《狗》的小品文。

　　一个厌世者如是说：

　　当然，我并非不想分开的妻子，但从未想过与她见面。只是非常想念曾经与她一起饲养的那条狗：它现在怎么样了？变成什么样子了……这种想念无法自拔……

他写这么几句，就写不下去了。"当然，我并非不想分开的妻子"，这种在空想中一气写下的文字难道没有夸张的成分？对自己是否也是不真实的呢？他一开始设想这种还未亲身经历过的心情，就发现这句话会引出各种各样的瓜葛，这篇小品文就无法继续下去了。一条狗送人——这么点事就让自己如此心旌摇曳；妻子眼角的盈盈泪光——就让自己怒气顿消，骂不出口。自己的这种惆怅忧伤，虽说理性中包含着某种个人的意志，一旦真的到了与妻子分道扬镳的地步，不知道自己会是什么样的心情，而劳燕分飞之后，无法保证仅仅因为她是自己分手的女人，就不对她更加眷恋思念。实际上，世间有多少破镜重圆的夫妇……他无意间写下的这一句话，在心中竟然掀起如此复杂的回响。

　　不论什么事情，事到临头才知道怎么办。他打算抛弃令自己都觉得心烦的想法——他得出这样的结论，然后继续思考。可是，记忆力这东西是因为什么而存在的呢？而且是永不消失的吗？这条弗拉德，只给它喂养一年狗粮，就如此恋家，非要回到自己的老家不可。已经不再适应自己生活的东西，有什么必要一定要记住呢？不能忘却的记忆留给自己的只能是悲伤——狗的记忆如此，人的记忆同样也是如此。

　　"上次说的我那个报社的熟人，去九州出差了一个月，刚刚回来。我说了你的情况，他回答说可以见面。这样，见面之前，请你先到我这儿商量一下。我一直在家，晚上来玩吧，请尽快来。"他收到这封明信片后，当天晚上就去找久能。久能问他什么时候方便去见那个人，他回答说什么时候都可以。久能从抽屉里拿出一张事先准备好的介绍信——抬头是秦龙太郎先生。除此之外，没有其他的事情商量，久能请他吃非常好吃的点心，然后说到自己的毕业论文本来决定写关于梅瑞狄斯①的作品研究，可是太难，看来不行。两人又扯了一会儿文学，然后久能提议出去散步。

他们沿着昏暗的坡道朝水池方向溜达走去。两人都说累了，只是默默地走着。这一天大概有共进会②的夜场展出，他一边走一边抬头望着建筑物之上白蒙蒙的夜空。久能突然对他说道：

"我说啊，你——虽然不是什么大不了的事，可是——去报社的时候，穿戴还是要像样点。要不穿我的西服去怎么样？"

久能说话的口气非常客气委婉，语速很快，好像是一件羞耻的事，不好意思说出口。他立刻明白这就是久能所说的要商量的事情，这事不便写在明信片上，今晚见面也是犹豫好久才

①梅瑞狄斯（1828—1909），英国小说家、诗人。擅长性格描写，创作了不少富有讽刺性的社会喜剧。作品有小说《利己主义者》、诗集《现代的爱情》、评论集《喜剧论》等。
②明治时代在各地举办的工农业产品展销会。

说出来的。

"谢谢。"

他感谢这位朋友说话得体婉转，忽然想起"渚山的夏日和服短外褂"。自己对穿戴已经很不在意，但在别人眼里，打扮得还是一副穷酸样儿。这么一想，顿时觉得四周的眼睛都盯着自己。

"谢谢。不过，我只要把当铺里的东西赎出来，应该还是有的穿的……"他刚一开口，就觉得自己的回答似乎带着拒绝对方好意的口气，立即补充道，"……可是，不知道能不能赎出来，如果不行的话，还得借你的吧。"

"啊，是嘛。"

久能若无其事地回答，自己的话没有伤害到对方，他似乎放下心来。他在黑暗中凝视着这位心胸坦荡又体贴周到的朋友。这时，他突然出乎意外地放声大笑起来。久能不明白他这突如其来的笑声，略显迷惑地问道：

"你怎么了？怎么突然这么高兴地笑起来？"

"可……你想想看……"他还在笑。久能的绰号之所以是西乡隆盛，不仅仅因为他具有男人的气质秉性，还因为他有一副重约二十贯①的胖墩墩的体格。他身材细高，体重可能都没有十二贯，久能居然说要把自己的衣服借给他。"你想想看，

———————————
①日本重量单位，1 贯为 3.75 公斤。

你这么个大块头，我穿得了西乡隆盛的衣服吗？"

"哇哈哈哈……"久能这才发现这个问题，爽朗地笑起来。

"你待人亲切，就是缺少想象力。"这看似责备的话，其实是他在这一瞬间对久能深情的体现。对这句话，久能只是以"哇哈哈哈……"的发自心底的响亮笑声予以回答。

他想，只要他对这个沉稳宽厚且善解人意、感情细腻的朋友再说点什么，就会得到对方的安慰——用不着任何具有含义的回答，他那种自然的态度就给予自己充分的安慰。他和这个魁梧肥胖的朋友并肩行走的时候，感觉自惭形秽，有个念头涌上心间，想把自己平时对妻子的情感告诉这个朋友。就他的性格而言，不向外人泄露自己的痛苦心情，既是一种虚荣，也是一种道德。但是这天晚上，面对久能，他差一点就要把虚荣和道德完全抛弃。他们行走的狭窄坡道很暗。他觉得，想把感情透露出来的迫切愿望正是因为受到这黑暗的诱惑。他急忙快速走在前头，只是想尽快离开黑暗的坡道。他对久能说：

"咱们去共进会的彩灯那边吧。"

就在这一瞬间，他的态度如此明确坚决——甚至连一向感觉迟钝的久能都觉得奇怪。久能见他伫立在耀眼灯光下熙熙攘攘的拥挤人群中，问道：

"怎么啦？你怎么回事？"

"哦，不，没什么。"他像是忽然清醒过来一样，继续往前走，嘴里半是自言自语般嘟囔道，"刚才看见一个有点面熟的人，正想打招呼，却一眨眼找不到了。"他说的没错，的确看见一个"有点面熟的人"。一个女人。这个女人不是别人，正是自己的妻子。有个三十左右特别高的男人，因为个子太高，他不由得看过去，就在这一瞬间，他看见高个男人的另一边，一个女人也在抬头望着这个人，他刚好从正面看见女人的脸。就在他觉得蹊跷的时候，那个女人的脸被高个男人的身子遮挡。他们向人群走去，只见戴着帽子的高个男人在人群中如鹤立鸡群，十分显眼，其他的都在远处看不见。其实这中间隔着不到三十人，离得很近。虽说只是一瞥，但是他确定那无疑是妻子的脸。虽然没有时间仔细确认，但瞬间的印象绝不会错。如果那不是妻子，只能说，他在比白天还要明亮的人工照明下的人群中看见了妻子的幻影。而且从时间上说，只要她不请假，这个时候应该还在浅草的剧场里……

"久能，几点了？"

"嗯？你问时间？"久能看来带着怀表，往自己的胸前看了一眼，说道："快到十点了。差十分钟或者十五分钟吧——我的表靠不住，但展销会到十点闭馆。"

"还不到十点，对不起，失陪了，这个时刻，我想去另外一个地方。"

说罢，他朝人群稀少的地方走去，把久能甩在后面。他来到电车道上，跳上一辆正要启动的电车。妻子说过十一点前必须在剧场后台，如果今天没有请假的话，她就应该在后台。他认为，判断刚才看见的那个女人是不是妻子，最好的办法就是去看她是否在后台。他乘坐开往浅草的电车，但是到达浅草以后，他已经失去了去剧场后台寻找妻子的勇气。他在后台前面来回走了三四趟，然后转到剧场正门口，呆呆地看着花里胡哨的油漆画海报牌，接着又回到后台入口。他想到经理吉泽可能会坐在入口，便将礼帽压低，挡着眼睛，然后迈开大步，目不斜视，装作熟门熟路的样子往里走。他看见一个五十上下的人稳稳地坐在通往后台的像是门卫的位置上，此人果然就是自己在根津寄宿的那个吉泽。他佯装不认识的样子问道：

"濑川瑠璃子还在里面吗？"

他故意低着头，不让对方看见自己的脸。

"噢……濑川瑠璃子……"

不知道这个男人是想起濑川瑠璃子了呢，还是讨厌这样的问题，或者觉得询问者有点可疑，总之把话停顿下来。他感觉对方目不转睛地盯着自己，脸上一阵发烧，心想对方也许把自己当作那个女演员的崇拜者，不由得十分难堪害羞，甚至有一种耻辱的心情涌上来。

"濑川吗？"对方像是想起来的样子，叮问一遍，然后说道，"濑川已经回去了。"

"回去了吗？什么时候回去的？"

"已经好久了。"

"一个小时之前吗？"

"嗯。她今天九点左右就结束了，所以更早一点吧。"

他本想把确切的时间了解清楚，但觉得刚才的询问已经够深入的了，不能再继续问下去。

"啊，是吗，打扰了……"就在他打算告辞的时候，忽然听见有人叫他的名字："喂，尾泽！尾泽！"

他大吃一惊，可是那声音紧接着再次传来："怎么啦？来接老婆的啊？"

他一把拽住从舞台后面慢吞吞走出来的说话人，逃跑似的从吉泽前面离开，走到外面，对这个让他心惊肉跳、惶恐不安的粗鲁家伙抱怨道：

"喂，你这个悟土，害死我了。我和那个吉泽是老熟人，刚才装作不认识的样子和他说话，被你一叫，吓得我不知所措。"

那个名叫悟土的人回答道："哦，原来你认识吉泽啊？我怎么知道。"两人都没有要去的地方，却不约而同地朝同一个方向走去。

悟土这个名字有点怪，人如其名，此公也是一个怪人。大概快到五十岁了吧，也许都有五十五岁了——碎白点花纹和服夹衣配鸭舌帽，这副老学究打扮让人难以猜测年龄，而且他从来没有问过悟土的年龄，所以不知道其真实岁数。不仅年龄，此人的经历，都干过什么事，想些什么，日子怎么过，他一概不知。不过，这么个岁数的人，听说受过高等教育，而且数学方面很有天分，毕业时数学全校第一。年轻时取号"梧桐"，混迹于文士、诗人的圈子里，想以此立身，但未能如愿，于是与这些在社会上获得成功的人各奔前程，经常和年轻人混在一起。"梧桐"这个号后来逐渐衍变成"悟道人""误道人"，有时还诙谐地改为"御当人"①，写一些类似随笔或者杂文的社会评论——倒不如称之为"世俗评论"更能反映其风格，拿着这些小文章到一些不受读者欢迎的低档杂志社兜售，以此度日。其文章的冷嘲热讽虽然低俗幼稚，但也有天真的地方，看过之后，觉得这个悟道人——不论怎么贬低其人品来看——虽然无才，但其性格中还是具有与世俗的精神贱民有所差异的微妙之处。人们虽然不会对其表示尊敬，但还是可以带着没有恶意的淡然微笑，愉快地忍受这个人带来的些许不好的影响。人们原先称呼这个人"悟道"，这是正确的，但后来逐渐缩短"道"的发音，就变成了"悟土"②，这种怪异且略带幽默感的叫法与他本人倒是很相称。现在谁都叫他"悟土"。他还在上学的时

---

① "悟土"与"梧桐""悟道""误道""御当"在日语中为谐音。

② "悟道"的日语发音是"ごどう"（godou），"道"的发音是长音"どう"（dou），后来把"道"的长音缩为短音，变成"ど"（do）。这样，原先名字的发音"ごどう"就变成"ごど"。译文的"悟土"是译者按照"ごど"所译。

候就与悟土认识，当时悟土经常擅自闯进学生的文学团体的聚会，把当今文坛上的人臭骂一通，不过没有什么恶意，学生们也没有视其为捣乱者。这个悟土每次发表演说以后，理所当然一样向学生收钱，说一句"电车费"，伸出手去，不管学生是否愿意，总是一副怪异的表情朝他们点头。他也时常被悟土收"电车费"，悟土还到他的住处找过他。但是，不知道是悟土已经厌烦文学青年，还是已经被文学青年所厌烦，最近喜欢进出被称为新兴艺术戏剧的小剧团的后台，成为剧场后台的二流子。他也时常听妻子说起这件事。甚至有人说，悟土迷恋上剧团的某个女演员，像跟包一样围着她转——不过，此人至今单身……

刚才大声叫嚷"来接老婆的啊"的悟土，和他在一起的时候，就恢复常态，诚恳地说道："怎么样了？好久没见，陪我喝一杯可以吗？"

"嗯。"他的态度不是很积极，但心想和这个人再待一会儿，也许能探听出那个女人——他的妻子的确凿消息，便说道："陪倒是可以，就是没带钱。"

"我有钱啊——老子从梦助那儿讹了一笔。嘎嘎嘎……"悟土像怪鸟一样笑起来。梦助大概就是悟土像跟包一样追着的那个叫梦子的女演员吧。

"我也终于沦落到让你请客的境地了。"在走进一家脏兮兮的小酒吧的时候，他说的这句话让悟土结结巴巴地吼骂起来："蠢、蠢、蠢蛋！"

那大嗓门让所有的顾客都回过头来，当然悟土不是真的恼怒，相反，那一连串的"蠢、蠢、蠢蛋"恰好证明他心情很好。

他喝得酩酊大醉。原本不善饮酒的他，今天却喝了二十杯。悟土看样子是海量，其实酒量很小，两颊的肌肉不停地颤动，两个人喝了四瓶，说话时舌头都硬了。悟土翻来覆去地唠叨说"女人这玩意儿，我真搞不懂"，东倒西歪，站都站不稳，要倒下去的样子。他心里也一直在想："其实我也搞不懂女人……原来那么无微不至照顾丈夫的妻子，竟然也变心了。这变化也太奇怪了，让人无法捉摸。"他眼前浮现出刚才悟土还没有这样烂醉时说的话，以及满口大黄牙一张一合的丑陋的脏嘴巴。"我对你最不满意的，就是你这个尾泽峰雄，竟然让自己的老婆去演戏，自己却游手好闲，你究竟是何居心？——难道你是靠老婆养活的吃软饭的家伙吗？我一直想，见到你的时候劝你一番。别让老婆去演戏。什么是戏子？赏花舞①是什么？难道女人炫耀红内裙就是民众性的新式舞蹈吗？"听了悟土的话，他辩解道，他绝没有让老婆养活自己的意思，老婆去演戏是她本人的爱好。悟土听了他的辩解，便不再说话，他觉得悟土劝

①这里指《元禄赏花舞》，长呗曲名，描绘元禄时代上野赏樱的风俗。

告自己的并非"别让老婆去演戏",也许是劝自己"休了那样的老婆"。如果他这样理解悟土的话,那么悟土之所以对他这样说,也许是想把具体的原因——例如剧团的人对那个女人的议论等——告诉自己。一定是这样。这个人什么都观察,什么都知道。"悟土!"他突然喊道。他在喝酒喝得一团糊涂的脑子中凭空想象。"悟土!"他忽然一把抓住这个与父亲差不多年龄的老友的手,恳求道:"告诉我!明确告诉我!我老婆的事,你都知道吧?别瞒着,一切都告诉我!"听了他的恳求,这个叫悟土的——尽管表面上装作非同寻常的怪人,其实也不过是一个感伤主义者——老醉汉会露出什么表情,怎么回答呢?

"啊哈哈哈哈……"

他的耳边忽然响起久能的笑声,于是他也同样笑起来。

"啊哈哈哈哈哈……"

他觉得自己的笑声在娱乐活动都已结束、电影院前渺无人影的大街上回荡。脚下散落着被人们扔弃的各种各样的广告海报,一片白色。这条拥挤嘈杂的街道现在空无一人,只有灯光比白昼更加刺眼明亮,使得空荡荡的街道平添一层岑寂。他无意间——或许不知不觉已有所意识——抬头望去,映入眼帘的竟然还是浅草剧场那块花哨浓艳、俗不可耐的红色广告牌。那俗艳仿佛沁入眼里,差点让他落下泪水。悟土在身后对他说着什么,他根本不想听,逃跑似的大步向前迈去。

"那你就在二楼的会客室里等吧。"

传达室的老头既不把嘴里的烟管拿下来，也不看他一眼，语气冷漠地吩咐着，一边把桌子上的电话放回原处，一边透过眼镜看一眼稍远的墙壁上的挂钟，然后无所顾忌地打了个哈欠。他听着老头的哈欠声，也看了一眼挂钟，差二十分钟到四点，对方指定在三点至四点之间来，因此知道自己没有迟到，走上满是尘土的楼梯。一个看似职工的男子急冲冲从上面咯噔咯噔走下来，他赶紧让在一旁。上到二楼，第一眼便看见左手的会客室。门关着，他握着门把手，刚打开大约两寸，里面传出一个怒吼的声音："正用着呢！"没有法子，他只好兀立在走廊上。他发现那间会客室的旁边是第二会客室，小心翼翼地打开一道门缝，一瞧里面没有人，便走进去。

室内有一张原木色的小桌子，周围摆着三把同样颜色的椅子。这张桌子实在简陋，恐怕都不能叫桌子，只能叫"台子"，上面有一摊可能是两三天前洒的黑墨水痕迹，从台子一直洒到地板上。台子上放着一个铁烟灰缸，但没有打火机和火柴。房间附近好像有机器在工作，印刷机的轰鸣声震得地板不停地颤抖，悬挂在高高的天花板角落的蜘蛛网也在颤动。他转动眼珠，环视室内，然后坐在一张椅子上。关闭的窗户上的玻璃由于紧邻的墙壁的关系形成略显黑暗的镜面，他看着那上面映照出来的自己模糊的脸，清晰地回想起刚才在街道的橱窗上映照出的寒酸滑稽的形象，对把这身西服从当铺里赎出来、显得自以为是的岳母再一次感到生气……就在这时，房门仿佛被踢开似的猛然跳动了一下，打开了，他几乎是反射性地站起来，接着礼貌地致意。

来人在他对面的椅子上坐下来，慢条斯理地说道："你就是尾泽君吗？我是秦龙太郎。"然后开始不停地抽似乎进来时就叼在嘴里的雪茄。这个人看上去在三十三至三十八岁之间，身体健康，而且肥胖，似乎人生美满，不缺任何东西。大概因为胖人怕热，穿着比季节早两个多星期的夏日单外褂。这一身服装让人无法想象其制作的精致细密、完美无缺，而且与这个人的气派威严十分匹配。他看着对方单外褂上的纽扣，忽然生出一个十分世俗的疑问——这个人月工资多少？他不知道说什么好，猜测对方会对他说点什么，可是对方迟迟不开口，只是吸着闻起来味道很好的雪茄。他总觉得对方目光锐利地盯着自己，于是真想告诉对方："您是在看我穿的这件样子奇怪、而且皱巴巴的晨礼服吗？我穿着它到这里来，不是想显示我的派头。这件衣服是四年前做的，一次没穿，就直接进了当铺。虽然还有别的衣服，但都在当铺里。那些衣服是和别的东西一块儿典当的，如果光取一件衣服，赎金很贵。我再说一遍，我穿这件衣服绝不是摆阔气来的。我现在都觉得十分难为情。正因为如此，刚才我还在街角的商店镜子前仔细端详自己的样子。要知道这样，还不如借久能的衣服穿呢。那件皱巴巴的絮有薄棉的铭仙绸穿在身上才心安理得。我是看您对穿着颇有情趣，才这么说的。"他真的想这么说。至少陀思妥耶夫斯基作品中的人物都是这样无拘无束地开始对话，这才有意思……他又开始无聊地遐想。

"嗯……久能君来过电话，我想你大概今天会来，正等着呢。"对方把长久的沉默巧妙地掩饰过去，"哦，久能都对你怎么说的？"

"……"他当然不能说久能告诉他别穿着脏衣服来，还有录用的话月薪暂时是八十日元之类，只是含含糊糊地回答：

"久能只是说，想推荐我代替他来这里工作。"

"对、对，这事久能也对我说了。"

"所以，久能君说可以先见一面。"

"啊，是嘛。说的也是。"秦把雪茄的最后一截使劲吸一口，然后将烟蒂随手扔在地板上，"这样说吧……"刚一说话，又站起来用脚上的毡草履将还在冒烟的烟蒂踩灭，回到椅子上。"这么说吧，你大概也听久能说了，实际上现在最需要的是直接在我手下干活的人。经过两三个月的试用期，如果录用的话，根据其工作表现，我会将工作上的实权逐渐交给他——就是说，这个人是可以在社会部管理层任职的记者。试用期的工资是八九十日元，正式录用以后就是一百二三十日元，我要找的是这样在任何岗位都能予以重任的人。其他报社的情况你自然不知道，我这儿对职工的待遇是很优厚的，所以很多人报名想来就职，报社在选人录用的时候也十分谨慎严格。这次只招两名，却已经有近三十人报名。当然，在选人录用问题上，按说我是可以拍板决定的，但实际上并不是那么简单。报社发展到这么大的规模，各种人际关系就多起来，方方面面都会有推荐的人。只要被推荐者没有特别不合适的理由，我也不便仅仅以喜欢为由无视那些头面人物介绍的人。还有，按照最近报社的方针，尽量多考虑大学毕业生。因为名片上有这个头衔，出去采访的时候就比较方便……不过，我对这个方针未必看得很重，看重的还是实力。我倒是十分希望寻找爱好文学的人，用高雅清新的文笔写所谓的社会新闻……你对记者生活有什么兴趣或者自信吗？"

"兴趣？自信吗？这个……因为还没干过这一行，什么也不好说。"他多少觉得狼狈，感觉脸一下子红起来，"只是，我……现在……吃饭成问题。要不是这样，大概不会当新闻记者的。我自己也觉得不怎么合适，不过，事情是人干出来的，我应该也可以的。因为生活困苦，只要有活儿干就行，不管什么职业，我都会尽力去拼搏……"

"说得好，哈哈哈……"秦了无生趣地打着哈哈，大概觉得显得简慢冷淡，便补充一句说不上是否有含义的话，"哦，这样的人反而好。"秦看了一眼和服腰带里的怀表，说道："情况就是我刚才所说的那样，能否请你来，现在不好说。不过，我向社长推荐的时候也需要的，虽然是形式，请你提交一份履历书。当然，我会尽力的，不管怎么说，久能君也说话了嘛。"秦说话条理清晰，却令人捉摸不透其真实想法，那语气又处处明确显示出自己在报社里是个举足轻重的权威人物。话说到这个份上，秦突然一改刚才的语气，轻松地说道："听说夫人是演戏的。你怎么样？你喜欢吗？其实今天我也要去看戏，人情上的关系……"秦慢慢站起来，恢复刚才一本正经的语调："那就请你好好准备吧。"

他和秦几乎同时站起来，默默地行个礼，跟在这个魁梧的胖子后面摇摇晃晃地走出房间。

他走到街上，感觉从一场没有意义的压迫中逃脱出来，刚才只能用舌尖吸烟，现在终于可以深深地大口吸烟了。于是，他自然而然地想起十分钟前的表现，意识到自己是一个多么蹩脚的求职者，该回答的时候却茫然若失，想着别的事；老实巴交地说那些没必要说的话，连自己都觉得脸红，简直就是来自我介绍怎么不适合当新闻记者的，而且穿着那件做工拙劣、款式陈旧的皱巴巴的晨礼服，赤裸裸地暴露出志在必得的强烈欲望。如果我是——他继续思考——如果我是雇佣方，也绝对不会录用那个人——十分钟前的自己那样的人。我在两年前都能厚着脸皮和人打交道，究竟什么时候什么原因变得如此迂腐呆笨的呢？脸皮厚、有心眼，不知道是好是坏，但在现今的社会生存下去绝对是有必要的。我又丧失了一个强有力的武器。与自己的愚蠢相对应，对方以同样程度的机敏巧妙地拒绝了自己——他无疑认定自己已遭到拒绝，却又感觉对方也许还打算录用自己。自己是如此巧妙地遭到拒绝。然而，在那种吵闹浮躁的地方，和那些无所事事虚度人生的人混杂在一起，也不知为何不管什么内容的文章，自己连写一行字的自信都没有。还有，想象一下自己第一次去采访名人时的情形，还是不被录用为好。履历书——他不知道究竟应该写些什么内容，当然也可以不交。不过，既然对方这么说了，还是提交吧。其实交不交都无所谓。如今已经落魄到不得不着手在大约十天内把乡下的地皮抵押出去换取现金的地步；还有，他开始萌生自暴自弃的情绪，希望老婆的可疑行为尽快败露，即使自己丢失脸面也在所不惜……他还是老习惯，独自行走时总是思绪万千，一边看着变形的旧皮鞋的鞋尖。他抬头望天，心想今天的天空低垂着多么阴郁压抑的云层啊……忽然，他想起那个旧书店小伙计一周前告诉他渚山的事。他用"如小说般可怜"这句话形容渚山，虽然不知道Ｓ·Ｌ医院在哪里，但觉得大概离这儿不远，于是打算去医院看望这小说般的渚山。必须指出，如果渚山不是"如小说般可怜"，他大概就不会产生去看望的心情。他本来就是这样一个人。

"对。去看望渚山！"

他对自己灵机一动的主意十分满意。他对渚山的性格了如指掌，能感觉出来，渚山看到他偶尔穿着晨礼服的形象会异常高兴——"不管怎么说，这无疑是绅士的服装。隐瞒两岁年龄的渚山，见到绅士特地前来探望自己，在别人面前也许是很体面的事情。"

他跟着护士在西侧并排的病床之间，学着她放轻脚步行走。一路上，大约三十个住院病人目光惊奇地望着他。他来到最里头，也是最靠近窗户的一张病床边上，护士对躺在床上正要回头的患者说道：

"江森先生，有人来探望您。"

她的声音很好听，与她的形体并不相符。

"江森君，是我啊。"

"呀，不好意思，不好意思。"渚山的声音还是那么有力，没有体力衰弱的感觉，翻身朝向他，动作比预想的要敏捷。可是，当他看到渚山的脸时，发现这个朋友面色晦暗。

护士把一直夹在手指间的《圣经》放进白大褂的口袋里，然后想把渚山枕边小凳子上的小记事本和书之类的东西以及药瓶等拿走，给他腾出座位，但渚山轻轻地用手势制止她。

"不用，不要紧的。哦，尾泽君，你就坐在床上吧，随便坐哪儿都行。你瞧这凳子，坐上去屁股疼。"

可是病床窄小，坐哪儿都不合适，于是他挪动三步，坐到床尾。

"根本没想到你会来看我，谢谢你。"渚山由衷地感到高兴，看着他，发出和平时一样的声音："哟，穿得这么漂亮啊。"

"你是说这个吗？"他用手捏着晨礼服的胸部，不由得苦笑起来，开玩笑地说道，"就是因为来看你，才精心修饰打扮一番啊。"他看着渚山半信半疑的笑容，继续说道："嗨，骗你的。这里面有其他深层原因，我是顺便想起来，过来看你的。"

"顺便也好什么也好，你来了，我很感谢。你说的深层原因是什么？"

"算了，不说这个。你病情怎么样？"

"谢谢挂念。给各位朋友添了很多麻烦，到这里以后很快就好转了。这药对我们贫民还真有效。走路吗？还不行，恐怕这一辈子都走不了，彻底残废了。"渚山像是自嘲，但表情十分平静，面部没有丝毫变化。他询问住院生活怎样的时候，渚山说只要不剧烈疼痛，对这里的一切都感到很满意。首先，这所医院所在的位置很安静，而且建筑物很结实，渚山的口气如同在介绍自己新购的住宅。还有，不知道介绍渚山住院的那个

人是否关照过医院方面，给他安排在病房角落里相对独立的一
张病床，靠近窗户，光线明亮。渚山对此十分高兴。"喏，你
瞧，从这窗户看出去，景色不错吧。不知道这家医院的位置与
河海是什么样的关系，从两个屋顶之间望过去，有时候能看见
船帆。住院一周以后，能够在床上坐一小会儿，那时候偶然发
现的。后来我躺着的时候，也有意识地面朝窗户。虽然看不见
外面，但是天气晴朗明亮的日子，大概由于光线反射的作用吧，
也能看见像鸟影一样的船帆驶过。晚上，万籁俱寂。虽然有点
昏暗，但还是可以看书。有患者每到晚上都让护士坐在枕边读
《圣经》。那个护士声音很优美，细小柔和，如流水清澈透明，
是一种不错的情趣，勾起我们这些老年人的感伤情愁。其他人
似乎也都认真倾听。那个护士——嗯，好像是专门管理这间病
房——这个（渚山用手指着自己的脸）有点那个，可是很亲
切的，只要有空就来读《圣经》。看上去二十三四岁的样子，
其实才二十岁。对了，还有一个很漂亮的护士，时常跟着查
病房的大夫过来……"

　　渚山本来就爱说话，大概因为今天好不容易有一个说话的
对象，便愉快地打开话匣子，几乎都是他一个人滔滔不绝，还
坐起来。他提醒渚山躺下去，但渚山说时常坐坐有好处。这时，
门开了，有人进来，似乎朝着渚山的病床走过来。原来是过来
送晚饭，护士也一起进来。这个黑皮肤矮个子的护士把刚才打

算收拾的凳子上的东西全部拿到病床的一角，让送饭的女人把食案放在凳子上，然后挪到已经坐起来的渚山方便用餐的位置。

"吃过饭，还是躺下去吧。"

护士提醒完渚山后就出去了。他趁机打算告辞，说"要回去了"，但渚山挽留他，说"再待一会儿"。其实他也有想和渚山继续聊聊的心情。

"可以吧？再坐一会儿。哦，怎么样？这病号饭你吃一半。"渚山把食案推给他，"你吃吧。我还没有动筷子，你先吃一半。我老吃不完。"

"不不，我不饿。"他有点不知所措，慌乱地说道，"我只是觉得时间待长了对病人不好。如果你不碍事的话，我待到什么时候都可以。别管我，你吃你的。"

病房里到处都是病人们饭前向上帝祈祷的声音，但是渚山不祈祷，说道："对不起，那我吃饭了。"说着，将蒸得很软的米饭盛到碗里，忽然小声说道："你看，作为'免'，这个伙食还是不错的嘛。"他起先不明白这个"免"的意思，后来一想，觉得大概指的是"免费患者"。豆腐炒鸡蛋（好像净是豆腐）、酱汤，看上去渚山吃得相当有滋有味。他刚才就注意到窗边放着一盆尚未开花的花草，心想，这是渚山的呢还是其他患者的呢还是护士的，但是他不想向渚山打听。他站起来，走到窗前，想看看偶尔能看见的船帆。离黄昏还有一段时间，阴霾的天空下，极目所望都是屋顶，其中有两三栋洋楼的墙壁和窗户，还有肯定是寺院的高屋顶，近处则是这家医院的唯一一棵梧桐树，嫩芽正在长成大叶子。虽然站在较高的二楼，但并没有看到什么东西。在天空晴朗的日子里，会感觉这样的窗户很宽敞，多少可以成为病人的心理慰藉。不，也许仅仅是可以不用操心就能吃到"作为'免'还不错的伙食"，便让渚山感觉到从未有过的舒心。其实，我——他想到自己——与其去报社上班，也许更适合躺在这里。就在他思考这些事的时候，忽然瞟见刚才护士放到床边的渚山的书。其中一本是赞美诗集，他拿起来，下面是红色封面的《天路历程》[①]。

"嗯，这是护士借给我的。"渚山注意到他看这本书，忽然解释道，"这是我第一次读赞美诗，从文学的视角来看还挺有意思的。"

他没有回应，心想也许渚山担心自己看这样的书会让人笑话，才这么说的。渚山已经吃完饭，说是总剩饭，却吃得干干净净。看一眼没有盖子的砂锅就知道。可能是遵照护士的叮嘱吧，渚山躺了下去，他坐在枕边——狭小的床角，随意翻开手中的赞美诗集，有一页自然而然地打开了，大概是很多人翻阅

---

①英格兰基督教作家　布道家约翰·班扬的著作，1678 年出版。是一首基督教的寓言诗，后来也被认为是小说。是英国文学最重要的作品之一，被翻译成 200 多种文字。

的结果。是因为渚山，还是其他借阅赞美诗集的人翻看的结果，才使这本书有这个特性呢？他虽然不得而知，却阅读起了自然而然翻开的这一页——第一句是"夕阳西沉"。渚山看着默默阅读赞美诗的他，像是寻找话题似的说道："对了，那个……你刚才说的穿晨礼服的深层原因能告诉我吗？"

他兴致不高地简单谈了谈报社招聘的事，渚山似乎很想打听哪一家报社、月工资多少之类的细节。他说自己已被婉拒，渚山问和什么人见的面。知道此人是秦时，渚山用安慰的口吻说道：

"你要是在他手下干活，恐怕一个月都干不了。"

"为什么？"他好奇地问道，"你认识那个人？"

"当然认识，早就认识了——我在这行干了二十年，谁不认识啊？而且那家伙还有点名气，是从勤杂工爬上来的……当然这事跟这个人的人品没有关系。唔，我写的那部《山峡的人们》中有一个叫铃木的西洋乐器厂厂长吧。主人公良太的姐姐是这个铃木的小老婆。和铃木一起玩的有一个当新闻记者的朋友，说的就是这个记者……"

"哦，想起来了。这个新闻记者把新华族^①的一个小姐的肚子搞大了，威胁她的父母拿出巨额陪嫁钱，后来娶了那个小姐吧。"他生怕渚山又要把其未完成的杰作《山峡的人们》的

①明治时代，非旧华族、旧公卿的身份，因有特殊功勋被列入华族的人。

梗概重说一遍,先把话头抢过来。但是,这一招毫无效果,渚山非要把小说中的这段故事重说一次不可。

"……的确,我在小说中是这样写的,但事实并非如此,事实并不是华族的小姐——而是一个暴发户把艺伎的肚子搞大了。这个新闻记者就把被暴发户抛弃的艺伎连同陪嫁钱、孩子一起接收过来,娶其为妻。可是娶来以后,又置了一房小妾——于是有人背后骂他娶艺伎的目的是为了讨小老婆。听说娶过来以后,他对妻子百般虐待。妻子提出离婚,这个秦跪在地上向她赔礼道歉。据说这都是秦的老婆亲口说的。大家都说,要是秦和老婆离婚,不仅要归还那一笔陪嫁钱,还会在那个和报社关系密切的实业家面前失去影响力。但是,我的解释和他们完全不一样,正如《山峡的人们》所写的,其实秦非常喜欢妻子……"

当然,他对渚山的这些话毫无兴趣,心不在焉,连哪些是小说的虚构情节、哪些是事实都没怎么听。他只是心想,渚山为什么要对自己讲述这部小说呢?无非是想对前来探病坐在床边的人吹嘘自己有创作小说的才华。事实上,随着渚山的声音提高,周围的患者似乎都在侧耳倾听。渚山还在兴致勃勃地高谈阔论,护士走进来,面带笑容地在枕边对渚山温和地提醒道:"说话太兴奋,会发烧的。"他抓住这个机会,立即站起来打算告辞。护士似乎以为他理解成了催促他走,便说"探视时间到六点，还有半个小时"。渚山立即流露出不舍的表情，但是他没有再坐下来。

"那请你下次再来。把你现在的住址告诉我。"

渚山从枕边拿出一本最小的记事本。他站着，无意间看见这小本子上一丝不苟密密麻麻地写着朋友的姓名和地址，看来是最近在病床上闲着没事重新书写的。

"我的住址吗？我现在是租房暂住，过一阵子大概又会搬家，搬到哪里还没定。"

"这样的话，我把信寄到你夫人的娘家可以吧？请代我向夫人问好。对了，刚才一直没提你夫人，给疏忽了，请替我向她问候。"

"啊，好。"他的喉咙仿佛给什么东西堵住了。

他急急忙忙走出病房，但是走下楼梯一半又返回来，再次来到渚山枕边，像忘记说什么事似的，避开渚山诧异的目光，说道：

"如果有什么事要寄信的话，寄到别的地方吧——说不定……我、大概最近——具体时间说不好……打算和老婆离婚。"

"什么?！这又是怎么回事？"渚山当然是一副惊愕的表情。

"这件事以后再慢慢谈……还有……"他忽然压低声音快速说道，"你需要钱吗？当然不是现在——我最近想把乡下那块地皮抵押出去弄点钱。你要的话，我送来。"

"谢谢。我现在这个样子，钱也用不着了。其实，我把夏目漱石的那封亲笔信卖了点钱。"

两人小声交谈以后，沉默片刻。在这沉默的时间里，他第一次感觉自己的心和渚山交融在一起。

和渚山分手后，不知何故，他感觉身体极度疲惫。

在阴沉沉的天空下，在傍晚的昏暗中，他回首仰望渚山像夸耀自己家那样夸奖的这座牢固而好看的砖房。他看着黑乎乎爬在墙壁上的蔓草那怪异的形状，走出医院的大门。表面上看，渚山的病情似乎并不危险，但是从护士不厌其烦地提醒来看，还是不容乐观的。能住进好医院，或许能缓解渚山的病情。事到如今，不想让渚山死去的说法只是一种感伤主义的表现。还是死去的好。无论是谁，还是死去的好吧？渚山说"我在这行干了二十年，谁不认识啊"，这句话并没有什么深意，却异常悲哀地留在他心中——渚山死去以后，他恐怕会时不时地想起这句话。渚山在那家医院似乎心情稳定，但是否知道两个月后将去养育院？他的脚步像走远路一样沉重，脑子却断断续续地考虑这些事。他的嘴角突然不由自主地浮现出不怀好意的微笑——眼前出现那个仪表堂堂、机敏干练的事务行家秦跪在妻子面前哀求的景象，还有渚山让自己吃一半病号饭的不合常理的亲切感，这些混杂在一起。然而，脸上的微笑立即消失了，变得苦涩起来，这苦涩又很快变成略显悲哀的不快。就这样，他一直站在电车站，在即将入夜的都市拥挤嘈杂的时间，他甚至没有力气挤上满员的电车。他从口袋里掏出烟盒，发现香烟已经抽完，便在手掌中揉成一团，扔在脚下。他无精打采地继续往前走，向不太远的换乘车站走去。他什么也不考虑。华灯初上，街道明亮起来……现在究竟是春天还是秋天？就在他觉察到这种幻象的时候，一阵尖厉刺耳的汽车喇叭声吓得他赶紧退到路边，一辆汽车风驰电掣般疾驶而过。他大惊失色，在汽车扬起的沙尘中，缓慢地嘟囔出一句话：

"呵！真的要小心。人往往就是在这种时候被轧死的！"

图书在版编目（ＣＩＰ）数据

田园的忧郁／（日）佐藤春夫著；郑民钦译．——海口：南海出版公司，2022.1
ISBN 978-7-5442-8165-2

Ⅰ．①田…　Ⅱ．①佐…　②郑…　Ⅲ．①中篇小说-小说集-日本-现代　Ⅳ．①I313.45

中国版本图书馆 CIP 数据核字（2021）第 202302 号

田园的忧郁
〔日〕佐藤春夫　著
郑民钦　译

出　　版　南海出版公司　（0898）66568511
　　　　　海口市海秀中路 51 号星华大厦五楼　邮编 570206
发　　行　新经典发行有限公司
　　　　　电话 (010)68423599　邮箱 editor@readinglife.com
经　　销　新华书店

责任编辑　翟明明
特邀编辑　褚方叶
装帧设计　韩　笑
内文制作　田小波

印　　刷　北京中科印刷有限公司
开　　本　880 毫米 ×1230 毫米　1/32
印　　张　8.25
字　　数　150 千
版　　次　2022 年 1 月第 1 版
印　　次　2022 年 1 月第 1 次印刷
书　　号　ISBN 978-7-5442-8165-2
定　　价　45.00 元